हमारा सबसे बड़ा दुश्मन

हमारा सबसे बड़ा दुश्मन

पक्षपात रहित और धर्मनिरपेक्ष विचारों से भरपूर और लबरेज़
फ़िराक़ गोरखपुरी का एक नायाब दस्तावेज़।

'फ़िराक़' गोरखपुरी

अनुवाद संशोधन प्रस्तुति और भूमिका
रमेशचन्द्र द्विवेदी

वाणी प्रकाशन

वाणी प्रकाशन
4695, 21-ए, दरियागंज, नयी दिल्ली 110 002

फ़ोन : +91 11 23273167 फ़ैक्स : +91 11 23275710

शाखाएँ

अशोक राजपथ, पटना 800 004, बिहार

कॉफ़ी हाउस कैम्पस, महात्मा गांधी मार्ग, इलाहाबाद 211 001, उत्तर प्रदेश

महात्मा गांधी अन्तरराष्ट्रीय हिन्दी विश्वविद्यालय, वर्धा 442 001, महाराष्ट्र

सुल्तानिया रोड, मोतिया पार्क, भोपाल 462 001, मध्य प्रदेश

www.vaniprakashan.com
marketing@vaniprakashan.in
sales@vaniprakashan.in

HAMARA SABSE BADA DUSHMAN
by Firaq Gorskhpuri
Edited by Rameshchandra Diwedi

ISBN : 978-93-5229-293-6
Novel

संस्करण 1999, 2007
आवृत्ति 2020

मूल्य : ₹ 125

सिटी प्रेस, दिल्ली-110 095 में मुद्रित

वाणी प्रकाशन का लोगो मक़बूल फ़िदा हुसेन की कूची से

भूमिका

मैं एक बड़ी ख़तरनाक बात कहने जा रहा हूँ। बात ख़तरनाक नहीं है। ख़तरा, (इस) शब्द के साथ जुड़ी हुई यादों से पैदा होने की सम्भावना से होने का अंदेशा है। कभी-कभी शब्दों के प्रचलित अर्थ धूमिल भी पड़ने लगते हैं। बात समझने की है। और समझकर न समझने की भी हो सकती है। तो मैं कह रहा हूँ कि फ़िराक़, गोरखपुरीजी या रघुपति सहाय साहब एक हिन्दू थे। आप कहेंगे, भाई द्विवेदी यह तो आपने कमाल ही कर डाला। इसमें नई या चौंकाने वाली बात क्या है ! यह तो सभी जानते हैं कि फ़िराक़ साहब हिन्दू थे। तो मैं चौंकाने वाली बात नहीं कर रहा हूँ। मैं कभी चौंकाने वाली बात कहता भी नहीं हूँ। लेकिन यह भी सच है कि Fact is stranger than fiction. झूठ का इतना मज़ा मिल चुका है कि ज़रा सा सत्य या सत्य का एक कण भी चौंका ही देगा। इतने बड़े शरीर में एक छोटा सा काँटा खटकने लगता है और बेचैन कर डालता है। तो अभी तक ऐसी कोई बात नहीं कही गई जिस पर आप एतराज़ करें या आपके कान खड़े हो जाएँ। ख़तरा तो अब पैदा होने वाला है। फ़िराक़ साहब केवल हिन्दू ही नहीं थे, वे एक कट्टर हिन्दू थे। मैंने आपसे पहले ही कहा था कि मैं एक ख़तरनाक बात कहने जा रहा हूँ। कट्टर शब्द तो चुप है। मगर आप जाने क्या-क्या अर्थ लगाते जा रहे हैं। प्रत्येक व्यक्ति अपनी कट्टरता के आधार पर ही कट्टर शब्द का भी अर्थ लगाता जा रहा है। मिर्ज़ापुर में हमारे बचपन में एक साहूजी थे। आर.एस.एस.

के आदमी थे। रोज़ शाखा में जाया करते थे। एक परचून की दूकान थी। मनी-लेंडिंग का भी कारोबार करते थे। मुसलमानों के कट्टर विरोधी थे। पूरा हिन्दू समाज उन्हें कोहनामश्क, कट्टर, पक्का मुसलमान विरोधी मानता था। गाँव में वे इसीलिए बड़े प्रतिष्ठित माने जाते थे। उनके इसी मुसलमान विरोधी गुण धर्म और स्वभाव के कारण उन्हें लोग हिन्दू धर्म का पुरोधा और देशभक्त समझते थे, मगर वे थे बड़े विचित्र व्यक्ति। मुसलमान गरीब महिलाओं और पुरुषों को बिना सूद लिये रुपया उधार देते थे और कभी-कभी तो रुपया यूँ ही मुफ्त दे दिया करते थे। मुसलमानों के शादी-ब्याह में, ईद, बकरीद में उनसे मिलने जाते थे और अकसर बच्चों को ईद वगैरह के मौकों पर नए कपड़े-लत्ते भी बनवा दिया करते थे। मुज्जा और मदारन उनके गहरे दोस्तों में थे। साहू जी का नाम भी सुन लीजिए—पुनई साहू था। पुनई साहू हिन्दी बहुत मामूली जानते थे। बस रामायण यानी रामचरितमानस पढ़ लेते थे। मगर चौपाइयों पर बड़ी गहरी नज़र भी रखते थे। उनका खूब-खूब अर्थ लगाते थे। हाँ उर्दू अच्छी जानते थे। आर्यसमाजियों की रचनाएँ, उनके भाषण, उनके ग्रन्थ, उर्दू में ही पढ़ते थे। स्वामी रामतीर्थ की पुस्तकें जो उर्दू में 'अलिफ़' के नाम से प्रकाशित हो चुकी थीं बड़ी श्रद्धा और रुचि के साथ पढ़ते थे। उर्दू साहित्य खासकर शेरो-शायरी के बहुत रसिया थे। मैं पढ़ने-लिखने में अच्छा था, इसीलिए पुनई साहू मुझे बहुत मानते थे और अच्छी-अच्छी किताबें लाकर मुझे पढ़ने को देते रहते थे। मेरे पिताजी से खूब निभती थी इसलिए कि दोनों बहुत अच्छी तरह उर्दू जानते थे और उर्दू भाषा के शैदाई थे। मुसलमानों की तहज़ीब और शिष्टाचार के क़ायल थे। मुसलमान बच्चों को पढ़ने-लिखने पर बहुत जोर देते थे और उनकी मदद भी करते थे। मगर उन्हें मुसलमानों का कट्टर विरोधी समझा जाता था। पुनई साहू के शब्द अनेक अर्थों की सम्भावनाएँ छिपाए रहते थे। वे कभी-कभी मुसलमानों की तीखी आलोचना भी करते थे। मगर इसलाम की भूरि-भूरि प्रशंसा करते थे।

वे इतिहास में देश-काल की रचना स्वयं करते थे। गांधी को बहुत महत्त्व देते थे और कहा करते थे कि ईसा के बाद गांधी सबसे बड़े व्यक्ति हैं। अगर कोई हज़रत मोहम्मद की बात उठाता तो पुनई साहू कहते– मोहम्मद साहब तो ईसा से पहले पैदा हुए थे। किसी तरह का प्रमाण उन्हें अपने मत से च्युत नहीं कर सकता था। आर.एस.एस. में, होने के कारण राणा प्रताप के प्रशंसक थे। मगर शिवाजी को महाराणा पर वरीयता देते थे। पुनई साहू का कहना था कि राणा प्रताप और शिवाजी एक ही समय में पैदा हुए थे और बहुत गहरे मित्र थे। आप लाख इतिहास दिखाया करिए, पुनई साहू अपने विचारों पर अडिग थे। चोटी रखने के खिलाफ थे, मगर जनेऊ पहनने के पक्षधर थे। उनका कहना था कि धीरे-धीरे लोग स्वयं चोटी विहीन होते जाएँगे, मगर जनेऊ पहनने की रस्म आम होती जाएगी। विलक्षण आदमी थे साहूजी। मुसलमान उनको अपना जिगरी दोस्त मानते थे और हिन्दू उन्हें मुसलमानों का विरोधी समझते थे।

उसे सय्याद ने कुछ गुल ने कुछ बुलबुल ने कुछ समझा।
चमन में कितनी मानी ख़ेज थी इक खामुशी मेरी।

इसी तरह फ़िराक़ साहब के लिए इस्तेमाल किए गए कट्टर शब्द के अर्थ भी बहुत कट्टर, उदारता और व्यापकता से लगाए जाएँगे। मेरे एक मित्र थे, अमरनाथ पांडे। अपने विषय में बड़े गर्व के साथ कहते थे कि मैं कट्टर शाकाहारी हूँ, मगर कलिया या कलेजी और पराठा मुझे बहुत पसन्द है। इस सन्दर्भ में कट्टर शब्द के क्या अर्थ लगाए जाएँ। फ़िराक़ साहब एक कट्टर हिन्दू थे। मगर रहन-सहन सब मुसलमान का, खाना-पीना, भाषा, बोल-चाल–सब मुसलमानों की तरह। मगर थे वे एक कट्टर हिन्दू। फ़िराक़ साहब खुद फ़र्माते हैं :

मुझे क्यों न बन्दये हक़ कहें मुझे मोमिनों में न क्यों गिनें
कि रही है मेरी हर इक ग़ज़ल तेरी काफिरी के जवाज़ में।

कुछ लोगों का कहना है कि फ़िराक़ गोरखपुरी साहब अपने को

मोमिन कहलवाना चाहते थे, ताकि उन्हें मुसलमानों के वोट मिल जाएँ। बात उलझती जा रही है। एक जगह फ़िराक़ यह भी कहते हुए सुने जाते हैं :

मुझे ज़िन्दगी में पड़े पड़े यूँ ही मिल गया जो न मिल सका
न रूकूअ में न सुजूद में न अज़ान में न नमाज़ में।

फ़िराक़ की बात समझ में नहीं आती। एक तरफ़, तो अपने आप को 'मोमिन' कहलवाने पर ज़िद; दूसरी ओर, रोज़ा, अज़ान, नमाज़ से बेनियाज़। अल्लाह ने इन्हें सब बैठे, बिठाए दे दिया। इसीलिए मैं कह रहा हूँ कि आप कट्टर शब्द पर चौंकिए मत, शब्दों की कट्टरता पर मत जाइए। इशारे समझिए। मगर इशारे भी बहका सकते हैं। जब सामने का शब्द भ्रम पैदा कर सकता है तो 'इशारे' तो और ख़तरे में डाल देंगे।

कुछ इशारे थे जिन्हें दुनिया समझ बैठे थे हम
वाह री ग़फ़लत तुझे क्या-क्या समझ बैठे थे, हम।

अब हम क्या करें। अब यह मसला कैसे हल किया जाए कि फ़िराक़ साहब क्या थे, हिन्दू, कट्टर हिन्दू या एक खालिस इनसान।

फ़िराक़ का यह बयान :

"If you are anti Hindu, you are anti India."

ख़तरे से खाली नहीं है। फ़िराक़-विरोधियों को फ़िराक़ के विरोध में बोलने या अपनी राय क़ायम करने के लिए अच्छा मसाला मिल गया। फ़िराक़ उसके आगे और भी बड़ी ख़तरनाक बात कहने जा रहे हैं : 'India is not a bank where spirutually separate people have accounts] India is a home where only those have a right to live who are Indian to the core.'

मामला उलझता ही जा रहा है। कभी-कभी फ़िराक़ हिन्दुस्तान के भी खिलाफ़ लिख-बोल जाते हैं :

देस को देखा देस हमारा
कितना बड़ा है कितना दुःखी है।

इस, देश में जो बच्चों की दुर्दशा है उस पर ख़ून के आँसू बहाते हुए फ़िराक़ गोरखपुरी साहब अपनी 'हिंडोला' नज़्म में फ़र्माते हैं :

ज़मीने-हिन्द है गहवारा आज भी हमदम
अगर हिसाब करे दस करोड़ बच्चों का
ये बच्चे हिन्द की सबसे बड़ी अमानत हैं
हर एक बच्चे में है सद् जहाने इम्कानात
मगर वतन का हलो-अक़्द जिनके हाथ में है
निज़ामे-ज़िन्दगी-ए-हिन्द जिनके बस में है
रवैया देख के उनका ये कहना पड़ता है
किसे पड़ी है कि समझे वो इस अमानत को
किसे पड़ी है कि बच्चों की ज़िन्दगी को बचाए
खराब होने से मिटने से सूख जाने से
बचाए कौन इन आज़ुर्दा होनहारों को
वो ज़िन्दगी जिसे ये दे रहे हैं भारत को
करोड़ों बच्चे के मिटने का एक अलमियाँ है
चुराए जाते हैं बच्चे अभी घरों से यहाँ
कि जिस्म तोड़ दिए जाएँ उनके ताकि मिले
चुराने वाले को ख़ैरात माघ मेले की
जो इस अज़ाब से बच जाएँ तो गले पड़ जाए
वो लानतें कि हमारे करोड़ों बच्चों की
नदीम ! खैर से मिट्टी ख़राब हो जाए
वो मुफ़लिसी की खुशी छीन ले वो बेबरगी
उदासियों से भरी ज़िन्दगी की बेरंगी
वो यासियात न जिसको छुए शुआए उमीद

वो आँखें देखती हैं हर तरफ़ जो बे-नूरी
वो टकटकी कि जो पथरा के रह गई हो नदीम
वो बेदिली के हँसी छीन ले जो होंठों से
वो दुःख कि जिससे सितारों की आँख भर आए
वो गंदगी वो कसाफ़त मरज़-ज़दा पैकर
वो बच्चे छिन गए हों जिनसे बचपने उनके
हमीं ने घोंट दिया जिनके बचपने का गला
जो खाते-पीते घरों के हैं बच्चे उनको भी क्या
समाज फूलने का दे सका साधन
वो साँस लेते हैं तहज़ीब कुश फ़ज़ाओं में
हम उसको देते हैं बेजान और ग़लत तालीम
मिलेगा इल्म-जहालत-नुमा से क्या उनको
निकल के मदरसों और यूनिवर्सिटियों से
ये बदनसीब न घर के न घाट के होंगे
मैं पूछता हूँ ये तालीम है कि मक्कारी
करोड़ों ज़िन्दगियों से ये बेपनाह दग़ा
निसाब ऐसा कि मेहनत करें अगर उस पर
बजाय इल्म जहालत का इकतिसाब करें
ये उलटा दर्स अदब, ये सड़ी हुई तालीम
दिमाग़ की हो गिज़ा या ग़िज़ाए-जिस्मानी
हर एक तरह की ग़िज़ा में यहाँ मिलावट है
वो जिसको बच्चे की तालीम कह के देते हैं
वो दर्स उलटी छुरी है गले पे बचपन के
ज़मीने-हिन्द हिंडोला नहीं है बच्चों का
करोड़ों बच्चों का ये देश अब जनाज़ा है
हम इन्क़लाब के ख़तरों से ख़ूब वाक़िफ़ हैं
अगर कुछ रोज़ यही रह गए जो लैलो निहार

तो मोल लेना पड़ेगा हमें ये ख़तरा भी
कि बच्चे क़ौम की सबसे बड़ी अमानत हैं

एक जगह फ़िराक़ फ़र्माते हैं :

अरे उजड़ी-उजड़ी ये ज़िन्दगी, अरे खोई-खोई ये ज़िन्दगी
मुझे क्या वतन में सुकून हो कि वतन ही आज है बे-वतन।
रयाज़े-हिन्द के नौगुल बिकस जाते हैं खिलते ही
कभी हाथों में ये आईन-ए-शबनम नहीं लेते।।

कई जगह हिन्दुस्तान के खिलाफ़ इस क़दर बोल या लिख जाते हैं कि लोग उन्हें भारत-दुश्मन तक कहने में नहीं हिचकते और फ़िराक़ के भारत की कमज़ोरियों को, बुराइयों को उभारने वाले विचारों को लोगों ने ख़ूब-ख़ूब भुनाने की कोशिश भी की है। कुछ लोग फ़िराक़ के अनेक चेहरों में एक घिनौने कायस्थ का भी चेहरा देख लेते हैं। दरअसल हर आदमी फ़िराक़ में अपना ही चेहरा देखता है या अपनी भावनाओं का चेहरा देखता है और भ्रमवश कह बैठता है कि वह फ़िराक़ का चेहरा है। फ़िराक़ साहब ने अनेक लेखों में बड़ा परस्पर विरोधी विचारों का उल्लेख किया है—ऐसा लगता है लोगों को। बात सिर्फ़ प्लेन ऑफ़ रिफ़रेंस की है। किस सन्दर्भ में कौन विचार व्यक्त किया जा रहा है, किस दृष्टिकोण को ध्यान में रखकर क्या बात कही जा रही है, क्या प्रसंग है। एक समय में एक साथ ही, एक ही बात में जीवन या समस्या के सारे बिन्दुओं को समेटा नहीं जा सकता। सारे ज़ावियों को एक साथ कवर अप करना जरा मुश्किल है। प्रश्न सिर्फ इस बात का है, आप अपने आग्रहों और पूर्वग्रहों के और दुराग्रहों के लबादों को उतारकर विषय-वस्तु पर विचार करें और disinterested objectivily के साथ अपने विचारों का इज़हार करें।

'Danger to Indian culture from Indians' में लिखते हैं फ़िराक़ साहब :

A most revealing and arresting truth of history has been pointed out by Prof. Toinbee in his remark that no civilization or culture has died as a result of foreign agression or foreign conquest, it has died only as a result of internal decay. Mixing up conquest with cultural decay only clouds and confuses the issue. Cultures are not killed; they die. It will need a volume to trace and enumerate the causes which throughout the ages caused disease and decay in India's culture. One central cause of this disease and decadence was the fatal institution of monopoly, exclusive privilege and hereditary rights of the natural leaders of the Indian people. For a few centuries they continued to be motivated by responsible and enlightened thinking. These centuries gave to India some of the best thing's of which the human mind was capable. But their children and their children's children finding themselves in a position of absolute power and privilege gradually abdicated their true role and responsibility. Behind every culture there is a mind and a system of thought. The successors of the creators and teachers of thought discovering that there was none to dispute their rights, clung to these rights and neglected the duties which the rights made obligatory. In place of creative thinking they contented themselves with rituals. Thought died, and India died, in Swift's phrase at the top.

With all its life-giving power Indian thought had no basis in the second, third] four or fifth ranks of the Indian population. The time soon came when our intellectual and moral stalwarts had no lieutenents, no seconds and their work became a one-man-show or a sole-performance. Inevitably as a result of the revenge of time it did not remain even a one-man-show. Hereditary privilege and power remained, obligatory duties and responsibilities for fitting onself for these privileges were given the go-by illusstrating Lord Acton's famous saying that power corrupts and absolute power corrupts absolutely. When we think of India's history we are driven to feel that Indian culture and civilization are like a half built house grand in design but still half built-house. The original founders of Indian civilization and culture had been dead long ago. But their incomplete work had, though incompletely, so built up India or half built-up India that those who came to conquer remained to serve.

Freedom came to India in the midst of this crisis. Culture and refinement, nobility of thought and intentions, the creative and the constructive instinct all seem to be at a discount. Culture has been demonitized and devalued. Black money has all but driven the golden coin of culture out of the market.

The ministries or cabinets of Indian legislatures bear the stamp of grossness, ignorance, and stupidity and are doing everything to deprive life of its worthwhileness. The legislators from city fathers upwards present an unflattering picture. Education has been the first casuality of India's freedom. The death of English in our educational institutions is resulting not in the renaissance or revival of the Indian language but in their death disease and decay for only English knowing Indians could save the Indian languages and Indian literature. Teachers and professors by their bearing and appearance present a picture devoid of all grace and dignity. Students from the lowest to the highest classes not occasonally but normally talk in vulgar offensive and abusive language. Most who pass the examinations are utterly unfit for any work. All our so-called learned professions are manned by men who are strangers to even the rudiment of culture.

The steam-roller of vulgarization is being driven energetically levelling down all and sundry to a level.

Even food has been vulgarised and made gross offending every sensitive palate. One of the surest tests of the culture of a people is the level and quality of their day to day conversation. This conversation barring a few exceptional cases, hurts the ear. The talk broadcast over the 'radio' tell to the same story. The suppression of Urdu is the revenge of vulgarity over refinement. Grossness and vulgarity are not only a matter of manners, they breed wicknedness and crime.

Will a moral and ethical revolution and a renaissance of Beauty never again take place ? The surface is keeping down the depths of our life and checking it from welling up and surging up. This is the cultural impass and deadlock and danger to Indian culture from Indians themselves. Would that we could save ourselves from cultural suicide...!

मैं आपसे बार-बार प्रार्थना कर रहा हूँ कि फ़िराक़ साहब की बातों को समझने के लिए फ़िराक़ साहब को भी समझना ज़रूरी है। वे समझ में न आएँ, लेकिन स्वजनत्व की भावना के साथ उन्हें समझने का प्रयास तो किया जा सकता है। फ़िराक़ साहब जब भी किसी विषय पर बोलते थे या लिखते थे तो उस विषय में उनका पूरा व्यक्तित्व

शामिल होता था या बड़ी शक्तिशाली ढंग से जुड़ा होता था। इसीलिए वे अधिकतर सुपरलेटिव शब्दों का प्रयोग करते थे। अगर सौन्दर्य पर बात कह रहे हैं, तो सुन्दरता की सीमा के उस पार जाकर बोलेंगे और इसी प्रकार कुरूपता पर बात करेंगे तो कुरूपता पनाह माँग ले। जैसे वे अपनी धर्मपत्नी की गरदन का बयान कर रहे थे। कहने लगे–'साहब उसकी गरदन ऐसी थी जैसे हाथी किसी लोटे पर पाँव रख दे।' तात्पर्य यह कि बात को ख़तरे की सीमा तक शक्तिशाली और प्रभावशाली शैली में और शब्दों में व्यक्त करते थे। आप उनके इरादों को समझ जाएँगे तो बात बड़ी साफ हो जाएगी। उनका मस्तिष्क इतना प्रबुद्ध और जगा हुआ था कि हर परिस्थिति और हर दशा के लिए अत्यंत सटीक शब्दों का प्रयोग करते थे। जनाब आर. के गर्ग साहब अकसर कहा करते थे कि फ़िराक़ साहब का जजमेंट बड़ा परफ़ेक्ट होता है। अपनी जिन्दगी के आखिरी दौर में जब वे AIMSS में आँख के ऑपरेशन के लिए भरती हुए तो डॉक्टरों ने उनका हाल पूछना शुरू किया। फ़िराक़ साहब ने जो अपनी तकलीफ़ों का बयान शुरू किया तो डॉक्टरों ने दाँतों तले उँगली दबा ली। उन्होंने कहा–'जनाब आपने अपनी हालात का जो एक्यूरेट बयान किया है उतना एक्यूरेट वर्णन तो हमारी मेडिकल की किताबों में भी नहीं मिलता। आपके सामने हम नतमस्तक होते हैं। प्रत्येक दशा के लिए इतने सटीक शब्दों का प्रयोग आज तक हम लोगों ने किसी से सुना ही नहीं।' बातों को या विषय वस्तु को इतनी गहराई से महसूस करते थे जिसका बयान बहुत मुश्किल है। दरमियानी हज़ारों मंज़िलों को छोड़कर बुलन्दी के कंगूरों से बोलते या लिखते थे।

अभी-अभी अपने देश की कुरीतियों का बड़े कठोर शब्दों में बयान कर रहे थे। फ़िराक़ साहब की लड़ाइयाँ या आलोचना किसी शत्रु-भावना से कदापि प्रेरित नहीं होती थीं। उनकी लड़ाई या आलोचना मित्रता की भावना पर आधारित होती थी। वे दोस्त बनकर

लड़ते थे। उन्हें जब किसी चीज़ या विचार से जितना आघात पहुँचता था तो वे उतना ही तीव्र वेग से आघात पहुँचाते भी थे। उनका सारा गुस्सा, सारी आलोचना, सारी कटूक्तियाँ पीड़ा का क्रन्दन समझिए, दर्द की कराह या चीत्कार समझिए। अब आइए और देखिए कि फ़िराक़ भारत-दर्शन की रूबाइयों में क्या कहते हैं :

मादरे-हिन्द से (भारत दर्शन)

ऐ मादरे-हिन्द सुबह तेरी, तेरी शाम
हैं साक़िए दौराँ के छलकते हुए जाम
लमहों में तेरे राज़े-अबद पिन्हा है
तेरी हर साँस एक पैग़ामे दवाम

इनसान को इनसान बनाया तूने
विजदान को विजदान बनाया तूने
हर फन को आईना हक़ीक़त का किया
हर इल्म को इरफ़ान बनाया तूने

वो इन्द्रधनुष वो सात रंगों की फुवार
बहुरूप दिखाते मौसमों की रफ्तार
आ जाती है झंकार तेरी पायल की
इक रक्से-सरमदी है या श्रृतु संघार

रुखसारों में तेरी ही दमक देखते हैं
हर अज़्व में तेरी ही लचक देखते हैं
पड़ती है आँख अपनी जब खिलकत पर
पर चेहरे में तेरी ही झलक देखते हैं।

हर फ़िरका व हर मिल्लत व हर मजहब व दीं
सब ने जाए-पनाह पाई है यहीं
औलाद में मामता झलकती है तेरी
दुनिया की मादरे-वतन है ये जमीं

फेरी तेरे दर की जो लगा जाते थे
सीने की दबी ज्योति जगा जाते थे।
सुनते हैं अलावा दौलते-दुनिया के
सायल तेरे कुछ और भी पा जाते थे

ले ऐ माता निज़ामे-शम्सी का सलाम
दे ऐ माता निज़ामे-शम्सी का पयाम
ऐ हिन्द तेरा नजूल आलम में है
सीने में फ़ज़ाओं के खुदा का इहलाम

वो सैयारों के आने-जाने की सदा
वो कल्बे-जमाँ के थरथराने की सदा
पहली आवाज़ थी ज़माने में तेरी
कहते हैं जिसे अलख जगाने की सदा

तू ही खिलाए हैं हक़ायक़ के वो फूल
बैठी अब तक न जिन पै क़रनों की धूल
तारीख-ए-बशर है खैरो बरकत तेरी
तहज़ीब-ए-जहां का तू इमाम व रसूल

ये तेरा सूकूत है कि बनते हुए बोल
है जामे जहांनुमां कि तेरा कशकोल

इक चुटकी भभूत है शफाए हर दर्द
है ख़ाक तेरी कि कीमिया है अनमोल

देखा नहीं आँखों ने तेरा कोमल गात
हैं तेरे गवाह जिन्दगी के लमहात
तू एक वजूद-ए-ग़ैर मरई की तरह
रहती है हमारे साथ दिन हो या रात

हर गुंचा-व गुल जाम व सुबू है तेरा
औलाद तेरी जोश-ए-नुमू है तेरा
हर अहले वतन को तूने पाला-पोसा
इस क़ौम की रग-रग में लहू है तेरा

है तेरे गुदाज़े-दिल में ऐसी शफ़क़त
जो बन के छलक रही है खैरो बरकत
सावित्री व सीता की क़सम खाए हुए
है अब भी ज़ने हिन्द में इक देवीयत
शोले से जबीनों से लपक जाते हैं
मुरझाए हुए चेहरे दमक जाते हैं
उन चेहरों पै जिन पर है पड़ी गर्दे-मलाल
रुख भीष्म व अर्जुन के झलक जाते हैं

इक नग्मा हवा अब भी सुना जाती है
इक आग-सी सीनों में लगा जाती है
हाँ आज भी सनसनाती बसबड़ियों में
बंसी वाले की तान आ जाती है

है तेरी क़दामत में भी बरनाई-सी
असरारे नुमूँ से है शनासाई-सी
वो लोच है ज़ावियों में फ़िक्रोफ़न के
लेता है दवाम जिनमें अँगड़ाई-सी

हर नक्शे अजन्ता का वो चलता जादू
वो हुस्नो-जमाल के बदलते पहलू
वो बुत-साज़ी कि जान पत्थर में पड़े
है ताज कि रुखसारे-फ़िज़ा पर आँसू

पहुँचे हैं कहाँ-कहाँ ये तेरे फ़नकार
शिव का तांडव है या सृष्टि संहार
पेशानी-ए-शिव दमे हलाहल नोशी
वो अबरुओं पर चढ़ी कमानों का उतार

तहज़ीब की पहली सुबह की पाक दुआएँ
गूँजी हुई हैं फ़ज़ा में ऋषियों की सदाएँ
ऐ गंगो-जमन की गुनगनाती लहरो
देती हैं सुनाई तुमसे वेदों की रिचाएँ

फ़ितरत की खलवतों में डाले डेरे
पेंचो खमे ज़ीस्त के लगाए फेरे
पिन्हा थे जो दुनिया के कुतुबखानों से
वो राज़ खुले हैं जंगलों में तेरे

वो तेरे मुफक्किरों का क़ल्बे हुशियार
पलकों में जिनकी बन्द रूहे-बेदार

वो जैन और बुद्ध मत की ग़ायर नज़री
इनकार को कर दिया है रश्क-ए-इक़रार

शायर तेरे जिस वक्त सदा देते हैं
सोए हुए सपनों को जगा देते हैं
आफ़ाक के मन्दिरों में वो नग्मे उनके
रह-रह के घंटियाँ बजा देते हैं

आगोश-ए-मुलायम में सुलाया हमको
खामोश आवाज़ से जगाया हमको
कुछ हम भी बनाएँ तेरे बिगड़े हुए काम
ऐ खाके-वतन तूने बनाया हमको

कौमीयतें बीसों ही मगर एक मिज़ाज
नस्लें हैं पचीसों ही मगर एक समाज
है उसअते-कल्ब ज़र्रे-ज़र्रे में तेरे
यानी तेरी खाक पर तास्सुब का इलाज

वो देख नई सुबह की पौ फूटती है
वो देख कि नब्जे-शबे-ग़म छूटती है
वो देख बिखरते चले अश्के अंजुम
वो देख कि जंजीरे-फ़लक टूटती है

पत्थर जो राह में हैं हट जाएँगे
संगीन जिगर कोह के फट जाएँगे
तेशे वो कई करोड़ हाथों ने उठाए
अब पाप जनम-जनम के कट जाएँगे

हम सब तेरा दुःख-दर्द मिटा सकते हैं
फिर धरती को तेरी स्वर्ग बना सकते हैं
तेरी छाती का दूध पीकर माता
तक़दीर से हम आँख लड़ा सकते हैं

जाग उठते हैं हम लोग कि सो जाते हैं
पा जाते कि क्या चीज कि खो जाते हैं
गुम होते हैं जब तेरे तसबुर में हम
अपने से बहुत क़रीब हो जाते हैं

ऐ काश कि राज़हाए-फ़ितरत समझें
ऐ काश कि राज़हाए-कसरत समझें
ऐ काश कि हर मज़हबो मिल्लत वाले
गूनागूँ जिन्दगी की वहदत समझें

ऋषियों ने तेरे ज़ीस्त की तकसीम न की
मिल्लत बाज़ी से उनको वहशत ही रही
दुनिया भी है उक़्वा भी है हर दौरे-हयात
जो लमहे अज़ल है आखिरत भी वही

ये साज़े-सलामती सुनाया तूने
एजाज़े सलामती दिखाया तूने
रूहानियत और शै है मजहब कुछ और
ये राज़े-सलामती बताया तूने

ये हुस्ने इन्तख़ाब था फ़ितरत का
इस मनसबे-खास के लिए तुझको चुना

दुनिया में और देस थे लेकिन—
फ़ितरत ने तुझको राज़दाँ अपना किया

दुनिया की नई क़ौमो ! यूँही बातें बनाओ
अफ़साने रसूम और अक़ायद के सुनाओ
हासिल है हमें, बलूगे-रूहानी तुम
मजहब के खिलौने से अभी जी बहलाओ

आकाश के मन्दिर में तेरा दर्शन है
सीने में चिराग़े-सरमदी रौशन है
रुखसारों में पहली सुबह की नर्म दमक
मुखड़े पर तेरे अजब सुहानापन है

गहरा हर कौम से तेरा नाता है
हम पर ही नहीं माँ तुझे प्यार आता है
औरों का भी हक़ है ममता पर तेरी
सुनते हैं तेरा नाम जगत् माता है

दुनिया को जंग से बचाना है तुझे
अक़वाम की दुश्मनी मिटाना है तुझे
जो जाग के भी हैं काबूस ज़दा
उन जागे हुओं ही को जगाना है तुझे

तेरे लिए काश जीते माता
तुझसे रस ले के निखरते माता
तेरे ख़्वाबों की काश बनते ताबीर
हम हिन्द को काश हिन्द करते माता

तानें हर साज़ की यहीं टूटी हैं
हर रंजो-खुशी की मंजिलें छूटी हैं
वो क़ल्बे-दवाम की तहें हैं जिनसे
तेरी तहज़ीब की जड़ें फूटी हैं

तू ही ने सँवार दी है जुल्फें-अय्याम
तूही ने दिए हैं देवताओं को पयाम
हर रोज़ फ़राज़ आस्मां से झुककर
महरो महो अंजुम तुझको करते हैं सलाम

शमशीरो-किताब और ताऊस वो रबाब
तेरी आँखों के इतने सस्ते नहीं ख़्वाब
बोल उठते हैं साज़े सरमदी के परदे
पड़ती है तेरी नज़र की जिस दम मिज़राब

ग़ज़ल

मैं कि गा नहीं सकता नग़माए-वतन तनहा।
कैसे दहर का छेड़ूं साज़े-अंजुमन तनहा।।

हर कोई समझता है अपनी ही निगाह उसको।
पड़ रही है उस रुख पर आज इक किरन तनहा।।

कौन आँख उठाता है, कौन कान देता है।
मेरी खामशी तनहा, शेवए-सुखन तनहा।।

लेके एक अँगड़ाई, बज़्म हो गई रुखसत।
यादगारे-महफ़िल है शमए-अंजुमन तनहा।।

अजनबी फ़ज़ाओं की भीगती चलीं पलकें।
गा रहा हूँ गुर्बत में नग़मए-वतन तनहा।।

दर्सगाहे-आज़म है, दर्सगाहे-तनहाई।
इश्क कस्ब करता है जिन्दगी के फ़न तनहा।।

सीना-ए-जमाँ में मैं बो रहा हूँ आवाज़ें।
खामुशी के पर्दों में मैं हूँ नग़्मा-ज़न तनहा।।

शब की क्या जरूरत थी अहले-दिल को दुनिया में
तीरगी को काफ़ी थी, जुल्फे-पुर-शिकन तनहा।।

बज़्म में बुलाते हो उस 'फ़िराक' को जिसने।
उम्र भर पिया ग़म का बादा-ए-कोहन तनहा।।

'What is India' में फ़िराक़ लिखते हैं :

About the Indian masses, unlettered and poverty-stricken impatient thought suggests epithets like 'vulgar', 'rustic', 'uncouth', 'ugainly', 'awkward', 'crude', 'unrefined', 'inert', 'subhuman', 'contemptible', 'bovine' and so on. But impatient thought is often misleading. Have you thought of the simplicity of the Indian masses—a simplicity which the cleverset among us might envy ? The heart-beat of the earth and of nature can be felt in the pulsations of their blood. Have you ever envied the fact that the Indian masses are nearer to the human secret than we sophisticated people? Have you ever caught fleeting glimpses of the divine in the men and maidens who by a fatal facility of self superiority look down upon and despise worldliness ? Have you seen shadows of mother India while looking at the Indian masses ? They put our superiority to shame. They have their own folk-culture. Out of their bosoms have bloomed & blosomed untaught songs, folk-lores and folk-superstitions, cleverness-shaming stupidities and faults, the endurance, the calm, the acceptance and the affirmation of this ancient earth of ours. They and not we are the true children of the soil. Give them a chance for which they have been waiting for centuries. Do not forget that the Vedas and Upnishads, the great Indian epics, the great Indian system of philosophy, Indian music, and the heights and depths of Indian culture have blossomed out of them and are deep rooted in them. What is India? It is that sacred centre of all life and of all humanity which enables us to see her in each Indian and in each non-India. India is the centre of the nucleus of all humanity. She is the mirror in which the Germans, the Arabians, the French, the ancient races and all modern countries see their own faces. She is the mother of the human family. India is the incarnation of the universal man. She has been called and very rightly called the epitome of the world, the microcosm of the universe. She is the world in essence, the creative centre of the universe. She is above superiority or inferiority. Like nature herself she is immanent in all humanity and yet all transcending. She is above pride of race, of country and of religion. She is the body, the brain, the heart and the soul of all that exists. Nothing is foreign to India as nothing is foreign to nature. If you ask "What is India?", you will find the answer in the preceding words. India is the transcendent noumenon and the tangible India is the phenomenon.

The values of life mentioned in this essay it is hoped, will help in the understanding of what is India. In these values which have made India withstand and survive all invasions, all onlaughts of other religions and the challenge of every branch of science. Let Marxism and Leninsm also try their strength against these values.

The East bowed low, before the blast
In solemn deep disdain
She let the legions thunder past
Then plunged in thought again.

मैं आपको बार-बार याद दिलाता जा रहा हूँ कि फ़िराक़ एक उन्मुक्त और स्वच्छन्द विचारक थे—पूर्वग्रहों से नितान्त मुक्त। इसीलिए कह रहा हूँ कि वे एक हिन्दू थे—कट्टर हिन्दू जो कट्टरता के साथ जीवन की व्याख्या में लगा रहता है और अपने विचारों को निर्द्वन्द्व होकर व्यक्त करता है। बौद्धिक कायरता बड़ी ख़तरनाक चीज़ है। शिखर पर पहुँचकर एक प्रबुद्ध मुसलमान चिंतक और एक जागरूक हिन्दू चिंतक और एक सिख और ईसाई विचारक एक हो जाते हैं—क्योंकि सभी धर्मों के शिखर पर केवल एक ही शुद्ध बिन्दु रह जाता है, मानवता का धर्म या सत्य-धर्म। और फिर भारत का तो धर्म ही रहा है, मौत के मुँह में प्रवेश करके सत्य की खोज करना और उसका उद्‌घाटन करना। इसीलिए इस देश में परस्पर विरोधी मतावलम्बी, परस्पर विरोधी विचारवादी उत्पन्न होते रहे हैं और साथ-साथ रहते आए हैं। फ़िराक़ का एक ही धर्म था—देशप्रेम का धर्म और विश्व धर्म—खुला जीवन और उन्मुक्त विचार—आप सहमत हों या न सहमत हों, यह दूसरी बात है। चूँकि फ़िराक़ की भाषा में उनका ईमान बोलता था और उनका सम्पूर्ण व्यक्तित्व बोलता था, उनका प्रत्येक अंग बोलता था, उनकी बड़ी-बड़ी भरपूर जीनियस आँखें बोलती थीं, उनके हृदय की प्रत्येक

धड़कन बोलती थी—इसीलिए हमारे और आपके विचारों में उसे स्वीकार करने में या उसे सुनकर सह तक लेने में या समझने में खलबली मच जाती है और हम उस पर तुरन्त अपनी प्रतिक्रिया व्यक्त कर बैठते हैं। आप किसी की बात से सहमत हों यह जरूरी नहीं, मगर उसकी बात को धैर्य से सुनें, तो फिर आप अपना तर्क पेश करें और स्वस्थ रूप से एक वाद-विवाद की परम्परा शुरू हो। फ़िराक़ भी भावावेश में आकर छेड़े जाने पर अनर्गल बोलने लगते थे और गाली-गलौज पर उतर आते थे। उनके अन्दर बड़ी ऊँचाइयाँ थीं और बड़ी ख़तरनाक पस्तियाँ भी। वाद-विवाद में कभी-कभी या अकसर (परीशान किए जाने के बाद) शब्दों या भाषा का असभ्य प्रहार करने में भी नहीं चूकते थे। कई बार तो मार-पीट की नौबत आ जाती थी। हाँ, अगर हम अपने पूर्वग्रहों से मुक्त होकर वैज्ञानिक रूप से स्वस्थ मस्तिष्क से विचार-विमर्श या वाद-विवाद करेंगे तो अवश्य ही आनन्दित होंगे। एक वाक़या बयान करना चाहता हूँ, अगर आप इज़ाज़त दें। इलाहाबाद में हिन्दुस्तानी एकेडमी में एक विचार गोष्ठी चल रही थी। उसके मुख्य अतिथि थे इलाहाबाद हाई कोर्ट के एक जज। उन्होंने अपनी बात शुरू की और फ़र्माया कि भाई हमें सरल भाषा का प्रयोग करना चाहिए जिससे वह सर्वसाधारण तक पहुँच सके। उसी आम फहम भाषा के प्रयोग के कारण तुलसी और प्रेमचंद इतने लोकप्रिय हो गए। आजकल जो हिन्दी लिखी जा रही है वह आम जनता की भाषा नहीं है। अभी जज महोदय ने अपनी बात समाप्त भी नहीं की थी कि कुछ उपस्थित साहित्य प्रेमियों ने शोर मचाना शुरू किया। इस शोर-गुल में और चिल्ल-पों में कुछ प्रबुद्ध कहे जाने वाले साहित्यकार भी शरीक थे। लोगों ने इस कदर हल्ला मचाया और अभद्रता दिखलाई कि बेचारे विद्वान् न्यायाधीश को कार्यक्रम के बीच से हिन्दुस्तानी एकेडमी का सभागार छोड़कर चला जाना पड़ा। मैं वहाँ उपस्थित था। मुझे यह घटना रुला गई और असह्य पीड़ा पहुँचा गई।

आप किसी को बोल लेने तो दें, आप उसे धैर्य के साथ सुनें तो—फिर आप अपने तर्क पेश करें और अपने अकाट्य तर्कों से उसे क़ायल कर दें कि वह आपके विचार-बिन्दुओं का क़ायल हो जाए। साहित्यिक गोष्ठियों और सेमिनारों में असाहित्यिक व्यवहार या अभद्रता कहाँ तक ग्राह्य है—इसका निर्णय साहित्यकार बंधु ही करें। अगर साहित्यकार या साहित्य द्वारा सुपोषित मस्तिष्क भी ऐसे अभद्र और अशिक्षित व्यवहार करेगा तो फिर हम असेम्बलियों में होने वाले अभद्रतापूर्ण प्रदर्शनों और व्यवहारों की निंदा करने वाले कौन होते हैं ? मुझे यह कहने में ज़रा भी संकोच नहीं कि फ़िराक़ भी अकसर अभद्र स्तर पर उतर आते थे—मगर वे ऐसा तभी करते थे जब उन्हें कोंचे लगाए जाते थे, तब उनका प्रहार घायल सिंह का घातक प्रहार होता था। देखिए, मैं फिर बहक गया। आदत मुश्किल से छूटती है—वह अकसर स्वभाव बन जाती है। आप मेरी बकवास थोड़ी और सुन लें।

अपने एक लेख Hinduism में फ़िराक़ साहब फर्माते हैं :

Hinduism taught Shivaji to protect Muslim women, children and the Muslim prisoners of war and also never to defile any copy of Muslim scripture or a Muslim place of worship or other Muslim holy places. Hinduism taught Mahatma Gandhi to do like-wise. Hinduism taught Godse to murder Mahatma Gandhi. Hinduism has taught some of our communal leaders to become involved in (at least according to public opinion) the cruelled atrocities on helpless, muslims. Muder, aroson, plunder and similar brutalities have been practised in the sacred name of Hinduism. Hinduism taught the late lamented Ganesh Shankar Vidyarthi to Suffer a cruel death while trying to protect Muslim lives. Hinduism taught just the opposite to many a Hindu in moments of crisis.

Hinduism taught Mahatma Gandhi to condemn untouchability. Hinduism taught Sri Shankaracharya and Sri Golwalkar to proclaim unabashed that untouchability and caste were essential part of Hindu culture. Hinduism taught Ishwar Chandra Vidyasagar to revolt with all his might against the horrible institution and practice of enforced widowhood. Hinduism has taught millions of priests and parents to uphold the custom of enforced widowhood. Hinduism taught millions of high class Hindus to support the Satti-system. Hinduism taught Raja Ram Mohan Roy and many enlightened Hindus to abolish the Satti-System. Hinduism taught Sri Sharda to get successfully introduced legislation against child-marriage. Hinduism taught millions of high and low class Hindus to make Sharda Act a dead letter.

Hinduism taught Mahatma Gandhi not to compel Muslim and other non-Hindu communities to give up cow slaughter. Hinduism taught Hindu Stalwarts of the congress to encourage aroson and blood-shed in Delhi in the name of cow-proction, and it taught one of the Shankaracharyas to undergo a fast, the genuineness of which was universally doubted according to his own disciples, for getting cow-slaughter banned and it has taught municipal and district board authorities and several state legislatures to ban cow-slaughter. Hinduism is supposed to teach the duty of loving and preserving cows. Yet inspite of the loudest protestation of love for the cows, millions of Hindus sell useless cows to butchers and slaughter-houses and to use shoes and other leather goods made of the hide of slaughtored cow. Hinduism teaches the lesson of Ahimsa. Hinduism leads vast numbers of Hindus to kill goats in the most heartless manner before the temple of Kali in Calcutta and before several other temples.

Whom shall we consider the representative of true Hinduism, the Vaishnava saints, enlightened minds like Ranade, Lajpat Rai, Gokhle, Tilak, Tagore, J.C. Bose, Jawahar Lal Nehru and a host of other similar stalwarts or shall we call fanatical, orthodox, reactionary Hindus many of whom are in high places representatives of true Hinduism. Swami Vivekanand and Swami Ram Tirth travelled all over the world as missionaries or ambassadors of Hindu Cultures. They lived with European and American families and ate the food provided by and touched by them. Could Pandit Madan Mohan Malviya show a similiar courage ?

फ़िराक़ का स्वभाव कुछ-कुछ कबीर से मिलता था। बिना इसकी परवाह किए कि कौन क्या कहेगा, उनके विषय में क्या-क्या धारणाएँ बनाई जाएँगी, उनकी जान का भी खतरा हो सकता है—उनकी समझ में जो सत्य उभरता था उसका प्रतिपादन बड़े निर्भीक ढंग से करते थे। एक बार मैंने उनसे बड़ी दबी ज़बान से प्रार्थना करते हुए कहा कि हुज़ूर इस ख़तरे की हद तक सत्य न बोलें और यदि सत्य बोलना आवश्यक ही हो तो बड़े मीठे ढंग से बोलें। आप एक दुनिया को अपना दुश्मन बनाते चले जा रहे हैं। आप से सभी नाराज हैं—हिन्दू भी और मुसलमान भी। फ़िराक़ साहब ने मेरी बात सुन तो ली, मगर बड़े दुःखी हो गए और फिर अपना स्वरूप सँभालते हुए समझा-समझा कर बोलने लगे और कहने लगे, अरे रमेश बाबू कम-से-कम आप तो नासेह-ए-मुश्फ़िक़ का रोल मत अदा कीजिए। आप 'उपदेशक मित्र' की भूमिका न निभाएँ तो बेहतर होगा। मत समझे सारी दुनिया मुझे इसकी चिंता नहीं। कभी-न-कभी कोई समझने वाला पैदा होगा। कम-से-कम आप

तो समझिए। जब भी मुझसे कोई कहता है कि फ़िराक़ साहब आपकी बातें कोई समझता भी है तो मैं बड़े गर्व से कहता हूँ कि औरों के विषय में तो मैं कुछ नहीं कह सकता, मगर रमेश बाबू ज़रूर मुझे समझते हैं। और जब मेरे इस बात का सबूत चाहते हैं लोग, तो मैं बस यही कहता हूँ कि अगर रमेश बाबू मुझे समझते न होते तो कब के मुझे छोड़कर चले गए होते। उनका मेरे साथ रहना ही मेरी गालियाँ खाने के बाद भी बदमज़ा न होना और निबाह करते रहना ही सबसे बड़ा सबूत है कि रमेश बाबू ही मुझे समझते हैं। फ़िराक़ साहब ने यह बात उस ढंग और उस अंदाज, उस लहजे और उस बेबस हृदय से कही थी कि उस वक्त भी मेरी आँखों में आँसू छलक पड़े थे और उसे याद करके आज भी आँसू उमड़ पड़ते हैं। फ़िराक़ का समझाना जारी था। कहने लगे कि अगर सच न बोला जाए तो सत्य रोने लगता है। मैं सत्य को दुःखी नहीं देखना चाहता, भले ही सारा संसार मेरा बैरी क्यों न बन जाए। मैं One versus world एक बनाम संसार के सिद्धान्त में विश्वास करता हूँ। साहित्यकार का सत्य ही सबसे बड़ा मित्र है। सत्य को प्रतिष्ठित करने में ही साहित्यकार और साहित्य की आबरू सुरक्षित है।

अब आप फ़िराक़ साहब के विचार सुनिए पाकिस्तान के बारे में उनके प्रसिद्ध निबन्ध The Mistake of Pakistan के द्वारा :

The Mistake of Pakistan

A French thinker speaking about a certain act of a French politician said, "It was worse than a crime : it was a mistake." Mistakes have proved more tragic, more painful, more harmful and more destructive than what are generally recognized as crimes. A whole book can be written on mistaken thoughts, beliefs and decisions which have caused incalculable harm and which have proved more curel than crimes. Many civilizations have died as a result of mistaken instincts and ideologies.

Pakistan was certainly not the creation of criminal-minded people. It was the creation of honourable men and yet it has proved a deadly mistake, one of the saddest mistakes in history. The real father and founder of Pakistan was Sir Syed Ahmed Khan. Dr. Zakaria, in his unanswerable book, 'The Rise of Muslims in India Politics', gives telling quotations from the writings and utterances of Sir Syed Ahmad Khan who spread among the vast majority of Indian Muslims, particularly the educated middle and higher class Indian Muslims, the deadly and dangerous mistake that the safety and welfare of the Indian Muslims depended on British rule and British overlordship over India. This made the Muslims afraid of India's freedom. This made them not only fear freedom but hate freedom. The argument was that the freedom would place the Muslim minority at the mercy of the brute Hindu majority, as if the Hindu majority would and could only have the politics and the polcies of an indivisible majority, as if the Hindus could have only a Hindu politics, as if the Hindus could not have different political ideologies and conflicting policies, as if the Hindus could never have policies and programmes equally beneficial to both Hindus and Muslims and to the whole country, as if Hindu interests and Muslim interests were eternally irreconcilable. Sir Syed's thoughts made the Muslims think that Indian policies would only mean percentages of Hindus and Muslims in government services. And even so Sir Syed forgot that with all the loyalty of the Muslims to the British, even in the matter of services the British rulers were helpless in reducing the Hindu majority and the Hindu services personnel to a minority or even to an equality. The utmost that the Britishers could do was to give about 10 or 15% more jobs to the Muslims than their numbers justified. The mistake of Sir Syed was to reduce Indian politics to mere jobbery and to mere job-hunting. The word 'percentage' became the only political creed of Sir Syed and of the vast majority of Muslims led, or misled, by him.

Agricultural progress, industrial progress, engineering and technology, trade and commerce, and the uniform growth and development of India benefiting every section of the people, the vast and the far-reaching implication of Indian politics, the welfare even of 98% Muslims, the building up of the Indian nation on a mass scale were simply no concern of Sir Syed Ahmad Khan and his equally mistaken and misled followers. Their deadly mistake was not to realize the fact that a job-hunting and a position-hunting political policy would miserably and inevitably fail to do any good to the Indian Muslims themselves. Sir Syed and his group deceived themselves into believing that they stood for and were working for the Indian Muslims, whereas in fact they were really leaving 98% of the Muslims to their cruel fate under foreign rule and foreign exploitation. They did not realize that the Muslim community consisting fo crores and crores of Muslims could never be provided for merely by government services. Even a Muslim Hitler, if he decided to treat Hindus as Hitler treated the Jews, could not give bread and butter to more than a handful of Muslims even if Hindus were given no jobs. And this was the deadly blunder committed by Sir Syed and his co-workers. They did not take into account the Himalayan fact that British rule meant the continuing exploitation and plunder or loot of Hindus and Muslims alike. Hindu officialdom or Muslim officialdom or Hindu-Muslim officialdom combined was only an instrument for the emasculation and exploitation of entire India. British rule had not been established by the Britishers for the sole purpose of distributing subordinate jobs among Muslims and Hindus, as Sir Syed and company thought and blunderingly believed. They thought and believed that for the Indians British rule meant nothing more, nothing less and nothing else than obtaining subordinate jobs under British rule. Agriculture, large-scale and small-scale industries, export and import and other vital aspects of Indian life meant nothing to them. National self-expression and national self-respect counted for nothing. Their disgraceful aim was just to get as much as possible out of the petty Indian share of subordinate jobs. They forgot that it is not what a people get but what they give which makes them great. The result was disastrous. The Muslim community was doomed by Sir Syed's shortsighted policy not to produce any leaders in any important or vital sphere of Indian life. They produced no journalists, no publicists, no great parliamentarians, no great educationists, no historians, no economists, no engineers and technologists, no great jurists, no painters and artists, no scientists, no missionaries of social service, no great Muslim women, no industrialists, no philosophers or thinkers, no religious leaeders of all-India importance, no pioneers in any department of Indian life. All vitality and dynamism of the Muslim community was buried deep in the Aligarh College, the Muslim University and the Muslim League. Even in the matters of Urdu language and literature, Sir Syed Ahmad's suicidal policy deprived the Muslims of fruitful leadership and initiative. We looked in vain among the Muslims for a Prem Chand, a Ratan nath Sarshar, Chakbast, a Durga Sahai Saroor and other Hindu Stalwarts of Urdu language and literature. Ghalib represents the splendour not of the rising sun but of the setting sun. A dangerously misguided so-called idealism, self-defeating in its purpose, was all that Hali, Akbar and Iqbal or Naseer Ahmad and Shibli or Abdul halim Sharar or their Muslim contemporaries could give to India under Sir Syed's fateful and fatal leadership.

Loyalty to their foreign British masters was the unalterable creed of Sir Syed and of the vast bulk of the Muslim middle classes and even of the Muslim masses. Its tragic and destructive effects did not remain confined to India. Turkey, Egypt, Persia, Afghanistan, the entire Arab World; Indonesia and the Muslim community all over the world became gripped by the stranglehold of British and other European powers. As Maulana Mohd. Ali repeatedly said, "India was the horse and the other Muslim countries were the stirrups for the British rider." It must be now as clear as clearness itself that the dragon's teeth sown by Sir Syed's policy were the roots of the poison-tree-Pakistan.

But Syed or no Syed, British rule ended and freedom came. Not a job-seeking Hindu community but a people determined to recover their soul won Swaraj for the whole of India, and also released the forces of freedom in the other Muslim countries. Someone said that if Sir Syed had been alive he would have been the most miserable man on the day of the declaration and achievement of Independence by India. Jinnah, the inevitable product of Syedism, it was knowingly whispered, was the most unhappy man on Indian Republic Day.

Pakistan meant no real gain and no triumph for Muslim separatism. The Two-Nation Theory has meant the progress of India from strength to strength and of Pakistan from weakness to weakness and disaster to disaster. That the Two- Nation Theory was a mistake is being painfully and progressively felt and realized by the people of Pakistan itself. Man to man, the Indian Muslim is in all respects better off than his Muslim opposite number in Pakistan. In agriculture and industry, in the matter of jobs, in education, in social standing, in the matter of future prospects, the Pakistani Muslim is worse off than his Indian opposite number. Had Sir Syed adopted the policy and programme of Indian nationalism, there would have been no Pakistan and in undivided India there would have been no Hindu Mahasabha, no R.S.S., no Shiv Sena and no Jana Sangh and no Hindu-Muslim riots in which by and large the Muslims are worst sufferers. Pakistan has deprived itself of the prestige the name of India enjoys all over the world. All or nearly all the immortal monuments built up by the Muslims have been lost to Pakistan. Cities like Delhi, Agra, Lucknow and modern industrial and otherwise world famous cities like Calcutta, Bombay, Madras, Ahmedabad, Tatanagar and all others have been lost to Pakistan. The history of Pakistan has been a history of murders—murder of the sense of a living and inspiring common Hindu-Muslim history, murder of the process of Hindu-Muslim cultural and social fusion, murder of the sense of belonging to an indivisible and undivided India among the Pakistani Muslims, murder of all chance and possibility of the Pakistani Muslims sharing the fruits of economic, cultural and social life of an undivided India, murder of the loving memory of a thousand years of joint growth and evolution. Pakistan has no history and will have and can have no history. If you have no roots in a common history you can only be somebody who is a nobody. Pakistan, being only a vivisection of India, has suffered a much greater tragedy. It has un-humanized and de-humanised thirteen crores of Pakistani Muslims. It has been guilty of genocide of the greater number of Muslims of its own country. Such a people can have no future and no promise of a future. Pakistan has conferred no actual or imaginary benefit of any kind to any Pakistani Muslim. The story of Pakistan is the story of self-destruction. Jinnah will go down in history as the greatest enemy of Islam and Muslims. Pakistan is no country. Pakistan is no nation. Thanks to the cursed regicide of Jinnah, Pakistan means nothing more, nothing less or nothing else than the farewell to all hopes for the people of Pakistan.

It is true that Muslims of India today are in some respects a disheartened people. Thanks for this are due to the nemesis of Sir Syed and his followers' opposition to India's freedom and to Mr. Jinnah's carrying of that opposition to its tragic and illogical end. But enlightened Indian nationalism is now doubly determined to undo the harm already done. The Indian Muslim community have been shocked into a new awakening and a new life. The recovery is sure but it will be a phased process. The flowering of the Urdu language and the beautiful features of Muslim culture, the increasing participation of Muslims in all fields of life, the Muslim leadership of the whole of India is, to all who can see the future, but a matter of time. The creation of Pakistan wounded India, both Muslim and Hindu India. India is licking its wounds but is on its way to recovery-both Hindus and Muslims.

Lastly, what Sir Syed and Mr. Jinnah in their feeble thinking could not realize was the fact that it is India's divergent unity, and not the artificial separate unities of Hindus and Muslims, the diversities of nationalities of India and their unity which constitutes the fundamental unity of India. What is the situation today ? In West Pakistan the Muslim refugees never had it so bad as they have been having it since the fanfare and trumpeting of Mr. Jinnah's coronation at Karachi. The frontier Muslims, the people of Baluchistan, of West Punjab and of Sind, of occupied Kashmir do not have much love lost among themselves, and are at loggerheads. Cruel repression is their fate under so-called Islamic Pakistan. What has really happened is not the establishment of a sovereign Muslim state but the coming into power of a military junta consisting overwhelmingly of Punjabi Muslims ready to put down with an iron hand the slightest signs of legitimate self-assertion by the Bengali Muslims of East Pakistan, the Muslims of occupied Kashmir, the Frontier Muslims, the Muslims of Baluchistan and of the common Muslims even in Punjab and Sind.

Under the protecting wing of this Punjabi Muslim military clique the rich feudal lords and the industrialists of Punjab flourish, the worst sufferers being the people of erstwhile East Pakistan. As Maulana Azad unanswerably stated in his last testament, "People in these two areas (Western region and Eastern region of Pakistan) are completely different from one another in every respect, except only in religion. It is one of the greatest frauds on the peoples to suggest that religious affinity can unite areas which are geographically and economically, linguistically and culturally different. It is true that Islam sought to establish a society which transcends racial, linguistic, economic and political frontiers. History has however, proved that after the first few decades or almost after the first century, Islam was not able to unite all the Muslim countries into one state on the basis of Islam alone. In the case of the movement for the creation of Pakistan, Islam was not the only basis of unity. There was the additional factor of the fear of the Hindu domination, which was shared by a large section of the Muslims of the Indian sub-continent. But after the creation of Pakistan, East Bengalees realized that instead of the Hindu domination they had to accept West Pakistani domination."

There were two tragic alternatives for the East Pakistanis, who constituted a decisive majority of the people of Pakistan. The tragic alternatives were either to remain a cruelly exploited colony of West Punjab Muslims, or to pay in blood and tears the price of a civil war. But there was also another alternative fraught with painful accompaniment in the form of incalculable suffering and sacrifice, namely, a non-violent civil disobedience movement in East Pakistan which would paralyse and bring to a standstill the economic life of West Pakistan. The day of reckoning had come and the whole world witnessed the internecine conflict between the East and the West Pakistan. Pakistan had to taste the partition of Pakistan itself.

Neither Sir Syed Ahmed nor the continuity of his successors culminating in the deplorable leadership of Jinnah had even the schoolboy juvenile understanding of nationality and nationhood. Not the fiction of the Two-Nation Theory but the facts of India's divergent unity and indivisible nationhood could alone have given the advocates of Pakistan the right lead and the right guidance. Pakistan is riddled and threatened with the challenge of several nationhood—Bengali, Punjabi, Pakhtoonistani, Kashmiri, Sindhi and Baluchistani. Thus Pakistan has not been a creation of highmindedness, but of low-mindedness. It has been a monstrous creation of imbecile and suicidal thinking. It has turned into a Frankenstein. How will it all end ? Who can tell ?

Pakistan was worse than a crime. It was a deadly mistake. It was a symbol of destruction and damnation, of self-destruction and self-damnation. It was a curse which singed and scorched for a while the fringe of India, but which would inevitably burn up the Muslims of Pakistan itself. But men are greater than their mistakes. History is greater than its own earthquakes or volcanic eruptions. To welcome Pakistan was not to welcome political health but to invite political leprosy. Pakistan was not the harbinger of peace between Hindus and Muslims but of un-ending deadly conflicts between the Muslims of Pakistan themselves. It meant political suicide by the Muslims of Pakistan. Time and history alone can heal the grievous wounds self-inflicted by the misguided Muslims followers fo Sir Syed and Jinnah. When health returns Pakistan will have disappeared like an evil dream.

फ़िराक़ साहब की स्पष्टवादिता और चिन्तनशक्ति के नमूने देखते जाइए। फ़िराक़ साहब का असली मज़हब था, देशप्रेम मानवताप्रेम और सृष्टिप्रेम। 'हमारा सबसे बड़ा दुश्मन' पढ़ने के बाद आप फ़िराक़ के निष्पक्ष और सुलझे हुए विचारों से परिचित हो जाएँगे और उनके सोचने की शैली से बिना प्रभावित हुए आप रह भी नहीं सकते। एक-एक बात को सहेज-सहेज के कहने का उनका अपना तरीक़ा निराला था। हर बात बड़ी मोदल्लिल या तर्कयुक्त या तर्कपूर्ण या तर्कसंगत होती थी और आप अगर उनकी बात को मानने के लिए नहीं तो कम-से-कम उस पर ग़ौर करने के लिए मजबूर हो जाते हैं। यह है प्रभाव ईमानदारी और ओजपूर्ण शैली और निष्ठा का।

आप स्वयं 'हमारा सबसे बड़ा दुश्मन' पढ़कर अपना निष्कर्ष निकालिए। कम-से-कम ये तो आप मान ही लेंगे कि फ़िराक़ का मज़हब इनसानियत का मज़हब है, आदमी का मज़हब है। इसीलिए कहता हूँ कि फ़िराक़ एक कट्टर हिन्दू थे। आप समझते रहिए जो आपको समझना हो। फ़िराक़ एक माने में बहुत बदनसीब इनसान थे। मगर इसमें उनका कोई कुसूर नहीं था। इसमें उनका कोई दखल नहीं था। फ़िराक़ का कुसूर बस इतना था कि वे समय से बहुत पहले धरती

पर आ गए थे या इसे यूँ भी कह सकते हैं, अगर कहना चाहें, कि वे अपने समय से बहुत आगे थे। यह बात मेरी कही हुई नहीं है। सिविल लाइंस, इलाहाबाद में एक व्हीलर्स बुक कम्पनी है, ठीक पैलेस थिएटर के बगल में। उसी बुक कम्पनी के मालिक मेरे ही नहीं सभी साहित्य और पुस्तक प्रेमियों के मित्र जनाब डी.पी. गुप्ताजी हैं। गुप्ताजी बहुत ही सुशील और प्रबुद्ध व्यक्ति हैं। उनके पास दानिश्वरों की भीड़ लगी रहती है। मुझ जैसे अल्पज्ञ को भी वे 'लिफ्ट' दे ही देते हैं। यह बात कि फ़िराक़ अपने समय से बहुत पहले पैदा हो गए थे—गुप्ताजी की कही हुई है और एक सीमा तक सच भी है। फ़िराक़ प्रेमियों का एक बहुत बड़ा गुट बिना बनाए बनता जा रहा है, जो साहित्यिक संस्थाओं और इदारों से सम्बन्ध नहीं रखता। यह गुट निष्पक्ष मानवता प्रेमियों, साहित्य और कला प्रेमियों, जागरूक इनसानों, प्रबुद्ध चिन्तकों, बत-रस लोभी, नव मानवतावादियों, विद्यार्थियों, किसानों, मजदूरों सीधे-सादे इनसानों, व्यापारियों और अनुरागियों का है। इस गुट में ऐसे लोग नहीं शामिल हैं जो 'पढ़े लिखे जाहिल' कहलाने का विशेषाधिकार रखते हैं। फ़िराक़ का यह शेर पढ़िए और सोचिए :

वायज़ ने इल्म को भी खड़ा सर के बल किया।
ऐसा पढ़ा लिखा है कि जाहिल कहें जिसे।।

फ़िराक़ द्वारा लिखित Reading and Reflections से मैंने बहुत से अंश उद्धृत किए हैं। इसके लिए मैं भारती-भवन, पटना, प्रकाशन का समूचे हृदय से कृतज्ञ हूँ और उनके प्रति अपना आभार ज्ञापित करता हूँ। आशा है, ऐसी धृष्टता करने के लिए प्रकाशक बंधु मुझे क्षमा-दान करेंगे।

—रमेश चन्द्र द्विवेदी

35/13 बटलर मार्केट
जवाहर लाल नेहरू रोड
इलाहाबाद—2

हमारा देश इस धरती पर एक बहुत बड़ा देश है। यहाँ तीस करोड़ हिन्दू, नौ करोड़ मुसलमान और डेढ़ करोड़ के लगभग दूसरे धर्मों के मानने वाले बसे हुए हैं। सोचिए कि इस देश की बड़ाई किस बात में है ? इस सवाल का ठीक जवाब यह है कि यहाँ कोई निवासी मर्द, औरत या बच्चा, बूढ़ा, चाहे वह हिन्दू हो या मुसलमान या दूसरे किसी धर्म का मानने वाला दुःखी न रहे खाने, पीने, पहनने, रहने, पढ़ने, लिखने, कमाने और तरक्की करने में उसे कोई रूकावट न हो। इस देश की बड़ाई इस बात में कभी नहीं है कि यहाँ के बसने वालों में किसी एक जाति या एक धर्म के मानने वाले तो सुख-चैन से रहें और दूसरी जाति या दूसरे धर्म के मानने वाले दुःखी और बेइज्जत होकर रहें। जो सुख या धन किसी को दुःखी बनाकर या किसी को निर्धन रखकर या लूट-मार करके बेइनसाफ़ी के साथ हासिल किया जाएगा या जो बड़ाई किसी को नीचा दिखाकर या छोटा बनाकर पाई जाएगी, न तो वह सुख सच्चा सुख होगा न वह बड़ाई सच्ची होगी। ऐसा सुख या ऐसी बड़ाई पाने का विचार हमारा सबसे बड़ा दुश्मन है।

इस देश में तीस करोड़ हिन्दू बसे हुए हैं। इसमें शक नहीं है कि कभी-कभी और कहीं-कहीं मुसलमानों ने हिन्दू और सिख आबादी के एक हिस्से के साथ मार-काट और दुश्मनी की। इस तरह नौ करोड़ मुसलमानों के एक हिस्से का साथ कुछ हिन्दुओं और सिखों ने भी लूट- मार और ज्यादती की, हार-जीत किसी की नहीं हुई। मुसीबत और बरबादी दोनों पर आई। अब देखना यह है कि क्या हिन्दुओं के सबसे बड़े दुश्मन मुसलमान हैं ? मुसलमानों के सबसे बड़े दुश्मन हिन्दू और सिख, और

सिखों का सबसे बड़ा दुश्मन मुसलमान है। लेकिन यह बात अब निश्चित रूप से साबित हो चुकी है कि आपस की यह दुश्मनी किसी धर्म या जाति को लाभ नहीं पहुँचा सकती, मुसीबत और बरबादी हिन्दू, मुसलमान, सिख तीनों पर आई है, जीत किसी की नहीं हुई, हार सबकी हुई।

एक बात को समझ लेना जरूरी है। हिन्दू, मुसलमान और सिख बहकाए जरूर जा सकते हैं और उनके विचारों में ज़र्रा भरकर कुछ समय के लिए उनमें आपस में दुश्मनी और लूट-मार कराई जा सकती है, पर लाखों और करोड़ों की तादाद में संसार में किसी भी धर्म को मानने वाले नीच नहीं हो सकते। यह नहीं हो सकता कि मुसलमान, मुसलमान होने के कारण भले और सज्जन बन जाएँ, और हिन्दू और सिख सब के सब या ज्यादा से ज्यादा तादाद में अपने धर्म के कारण भले आदमी बन जाएँ पर मुसलमान सब के सब या ज्यादा से ज्यादा तादाद में सिर्फ इस्लाम पर ईमान रखने के कारण कमीने, नीच और जंगली बन जाएँ, यह दोनों बातें नहीं हो सकतीं। हिन्दुओं और सिखों का धर्म इसको बड़ा पाप समझता है कि दूसरे धर्म के मानने वाले को कमीना और नीच समझा जाए। मुसलमानों का मजहब भी इसको बड़ा पाप समझता है कि दूसरे धर्म के मानने वालों को कमीना और नीच समझा जाए। अगर हम इनसान की इज्जत नहीं कर सकते और अगर हम इन्सान की इनसानियत पर विश्वास नहीं कर सकते तो हम उन इनसानों की इज्जत भी नहीं कर सकते जो हमारे धर्म के हैं, न उनकी इनसानियत पर हम विश्वास कर सकते हैं। अगर हम हिन्दू हैं या अगर हम सिख हैं तो हमारा सबसे बड़ा दुश्मन हमारा यह विचार होगा कि मुसलमान नीच हैं और अकारण हमारे दुश्मन हैं। अगर हम मुसलमान हैं तो हमारा सबसे बड़ा शत्रु हमारा यह विचार होगा कि हिन्दू और सिख कमीने और नीच हैं और सब मुसलमानों के दुश्मन हैं।

कुछ देर के लिए हिन्दू और सिख की हैसियत से सोचिए :

1. कोई जाति, कोई देश किसी धर्म के मानने वाले संसार भर से

अलग होकर नहीं रह सकते, हिन्दुस्तान के पश्चिम की ओर हजारों मील तक मुसलमानों के देश हैं, जिनमें करोड़ों मुसलमान बसे हुए हैं। अगर हम मुसलमानों को अपना दुश्मन समझें या मुसलमानों के दुश्मन बन जाएँ या मुसलमानों को अपना दुश्मन बना लें तो यही नहीं कि हिन्दुस्तान के नौ करोड़ मुसलमान हम पर शक करने लग जाएँगे या हमसे लड़ने-मरने पर तैयार हो जाएँगे, बल्कि ये करोड़ों मुसलमान और फिर मुसलमानों की बहुत बड़ी दूसरी आबादी जो बर्मा, चीन, हिन्द- एशिया और रूस में बसी हुई है, हमारी जानी दुश्मन हो जाएगी और जब तक संसार कायम है तब तक हमारी दुश्मनी बनी रहेगी और मौका पाकर हम को मिटा देना चाहेगी। अगर आप समझें कि हम भी तीस करोड़ हैं इसलिए मुकाबला बराबर रहेगा तो यह भी मूर्खतापूर्ण विचार है। अमरीका, इंगलिस्तान और संसार के बहुत से बड़े-बड़े देश हिन्दुस्तान के कमज़ोर मुसलमानों का साथ देंगे, ताकि हिन्दू और सिख कारोबार में और तिजारत में पनपने और लहलहाने न पाएँ। इस तरह हिन्दू और सिख जाति के खिलाफ संसार के ताकतवर देशों का संगठन हो जाएगा और बरबादी के अलावा हमारे हाथ कुछ न लगेगा। संसार भर के राज-काज को अपने खिलाफ़ कर लेना अपने आप को मिटा देने के बराबर है।

2. कुछ लोग बिना सोच-विचार के यह कह देते हैं कि पाकिस्तान में जो हिन्दू-सिख बच रहे हैं वह हिन्दुस्तान चले आएँ और हिन्दुस्तान के सब मुसलमान पाकिस्तान भगा दिए जाएँ। यह लोग इतना नहीं सोचते कि जो भगदड़ अभी तक मची है उसने हिन्दुस्तानी सरकार के काम को और हमारे जीवन को कितना कलंकित बना दिया है, हिन्दुस्तान और पाकिस्तान दोनों पर मुसीबतें टूट पड़ी हैं और अगर अभी एक या डेढ़ करोड़ हिन्दू जो पूरबी और पश्चिमी पाकिस्तान में हैं, हिन्दुस्तान चले आवें और चार करोड़ मुसलमान जो हिन्दुस्तान में हैं वह पाकिस्तान, चले जाएँ तो हिन्दुस्तान और पाकिस्तान दोनों राज्य सैकड़ों बरस के लिए बरबाद होकर रह जाएँगे। हमारा जो बुरा हाल

अंग्रेजी राज्य में था इससे भी कहीं ज्यादा हमारी हालत खराब हो जाएगी और यह देश नरक बन जाएगा।

आज अगर ये भगदड़ न मची होती तो हमारी सरकार और हमारे देश के पास अरबों रुपया होता जिससे खेती-बाड़ी, कारखानों, तालीम और सबको फायदा पहुँचाने वाले, हिन्दुस्तान को बड़ा देश बनाने वाले हमारी उन्नति के सैकड़ों काम किए जा सकते थे। याद रहे कि जो भगदड़ मच चुकी है उसका यह नतीजा हुआ है कि अगली चौथाई सदी तक के लिए हमारी तरक्की रुक गई है, अगर यह भगदड़ फिर मची तो हमारी सरकार का दम उखड़कर रह जाएगा और मुसलमानों का जो भी हाल हो, कम-से-कम हिन्दू और सिख एक सौ बरस के लिए उभर न सकेंगे। मार-काट के भाव से दिल में जोश पैदा होने का मज़ा हमें जरूर मिल सकता है, लेकिन यह जोश और यह मज़ा बहुत देर तक कायम नहीं रह सकता और जल्दी ही न सही जा सकने वाली मुसीबत, बरबादी और गिरावट की शक्ल में यह जोश और मज़ा बदल जाएगा। यह अनुचित भाव जोश और इस अनुचित भाव और जोश का मज़ा हमारे सबसे बड़े दुश्मन हैं।

3. कुछ लोग यह सपना देखते हैं कि पाकिस्तान को जीतकर अखण्ड हिन्दुस्तान कायम कर दिया जाएगा। ये सपना जितना सुन्दर और हौंसला बढ़ाने वाला है, उतना ही भयानक है। संसार भर की हुकूमतों ने पाकिस्तान की हुकूमत को मान लिया है और बिना किसी कारण के या झूठा झगड़ा करके पाकिस्तान पर धावा बोल देना मानो संसार भर से लड़ाई मोल लेना है। अगर ये भी मान लिया जाए कि संसार भर के देशों में कुछ देश हिन्दू, सिख जाति का साथ देंगे और कुछ देश मुसलमानों का साथ देंगे तो भी इस लड़ाई का नतीजा यह नहीं होगा कि 'अखण्ड हिन्दुस्तान' क़ायम हो जाए 'अखण्ड हिन्दुस्तान' हिन्दुओं, सिखों और तमाम मुसलमानों के आपसी प्रेम और मरज़ी से ही क़ायम हो सकता है। मुसलमानों को दुश्मन समझने या दुश्मन बनाने से किसी तरह और

किसी समय यह 'अखण्ड हिन्दुस्तान' कायम नहीं हो सकता।

4. कश्मीर की आबादी सौ पीछे पच्चासी मुसलमान हैं। कश्मीर का सवाल उलझ-उलझकर बहुत नाजुक बन गया है अगर हम मुसलमानों को नीच, कमीना, अपने से अलग, अपने से बुरा और अपना दुश्मन समझेंगे तो हम किस मुँह से यह बात कह सकेंगे कि कश्मीर हिन्दुस्तान का हिस्सा बने। आज कश्मीर में जो लड़ाई हो रही है और जिसमें हिन्दू, सिख, मुसलमान एक होकर कश्मीर पर हमला करने वालों का मुक़ाबला कर रहे हैं, वह लड़ाई हम कैसे लड़ सकते हैं ? हम उस पर विजय कैसे पा सकेंगे, अगर मुसलमानों को अपना दुश्मन मान लें। आज अपने कश्मीर की और हिन्दुस्तान की जो सेवा शेख़ अब्दुल्ला कर रहे हैं, वह सेवा और वैसी सेवा कोई हिन्दू या सिख नहीं कर रहा है। लगे हाथों यह भी सुन लीजिए कि तीन-चार लाख रुपया या उससे भी अधिक रोज़ाना कश्मीर में खर्च हो रहा है। अगर हिन्दुस्तान और पाकिस्तान दोनों में लड़ाई छिड़ गई तो संसार की हुकूमतें इस लड़ाई को दस बरस और बीस बरस तक चलवाएँगी। इस आग में दुनिया की हुकूमतें तो घी डालती जाएँगी जिसमें हिन्दू और मुसलमान जलें। हिन्दू और मुसलमान की लड़ाई दो आदमियों की कुश्ती नहीं है, न दो दलों के आदमियों का साधारण मुकदमा है, जिसका फैसला जल्दी से हो जाएगा। यह लड़ाई हमारे लिए मौत का सन्देश होगी जिसके कारण हिन्दू और सिख जाति का नाम, हमारी सभ्यता, हमारे धर्म और हमारी संस्कृति का नाम संसार से सदा के लिए मिट जाएगा।

5. अगर हिन्दू और सिख यह चाहते हैं कि हिन्दू यूनियन के चार करोड़ मुसलमान भागकर पाकिस्तान चले जाएँ या देश भर के नौ करोड़ मुसलमान भागकर कहीं और चले जाएँ या रहें तो हिन्दुओं और सिखों के गुलाम बनकर रहें तो इससे अधिक नीचता की भावना दूसरी नहीं हो सकती। यह भाव, यह जतन, यह साजिश और ऐसी लड़ाई मुसलमान को नुकसान पहुँचाने के बजाय हिन्दुओं और सिखों को मिटा

देगी। दक्षिण अफ्रीका का यूरोप की क़ौमों ने पता चलाया उस पर विजय प्राप्त की वहाँ बसे और बसाया। आज दक्षिण अफ्रीका और मलाया में लाखों हिन्दू और मुसलमान बस रहे हैं, पर वह आज़ाद नहीं हैं। हम योरप की जातियों की यह बात नहीं मानते कि दक्षिण अफ्रीका और मलाया से हिन्दू और मुसलमान भाग आएँ या यूरोप की जातियों से उनके अधिकार, उनका मान और उनकी इज्जत किसी तरह कम रहे। वहाँ की सरकारों में हम पूरा-पूरा हिस्सा चाहते हैं। वहाँ के जीवन में हम पूरा-पूरा हिस्सा चाहते हैं। धर्म, रहन-सहन, संस्कृति और भाषा की विभिन्नता या असमानतावश हिन्दुओं और मुसलमानों को जाति, रूप-रंग यूरोप वाले किसी तरह कम रखें, हम उसे नहीं मानते हालाँकि दक्षिण अफ्रीका और मलाया का पता लगाने वाले इन देशों को बनाने और बसाने वाले यूरोप वाले ही रहे हैं। अगर हम हिन्दुस्तान में एक हजार बरस से बसे हुए मुसलमानों के अधिकार न मानें और उन्हें देश से बाहर भगाने की ठान लें तो दक्षिण अफ्रीका और मलाया में हिन्दुस्तानियों को या तो मिटा दिया जाएगा या उन्हें वहाँ से मार भगाया जाएगा और हम कुछ बोल भी नहीं सकेंगे। हिन्दू मुसलमान का सवाल संसार भर में हिन्दुस्तानियों के जीवन और मान का सवाल है। इस समस्या को हिन्दुस्तान में ही सीमित नहीं रखा जा सकता।

6. रूस में सत्रह करोड़ से ज्यादा ऐसे लोग बसते हैं जो मुसलमान नहीं हैं और मुसलमानों की एक करोड़ से कम आबादी है। चीन में मुसलमानों की आबादी सौ पीछे पाँच-छः यानी दो करोड़ के लगभग है, पर आज तक वहाँ कोई फ़िरक़ावाराना झगड़ा नहीं हुआ। वहाँ के राष्ट्रीय जीवन में वहाँ की उन्नति और सुख में मुसलमान दूसरे के साथ बराबर भाग ले रहे हैं। रूस और चीन में मुसलमानों के धर्म, संस्कृति, भाषा और रहन-सहन के ढंग की पूरी-पूरी रक्षा होती है। हिन्दुस्तान की कई हज़ार साल पुरानी संस्कृति जिस पर हम नाज़ करते हैं, संसार की निगाह में कितनी गिरी हुई और कलंकित समझी जाएगी,

अगर हमने यहाँ मुसलमानों को बसने और फलने-फूलने न दिया और हमारे मुकाबला में चीन और रूस ने ऐसा करके दिखा दिया तो हिन्दू संस्कृति आईने में अपना भयानक रूप देखकर शर्मिन्दा होगी और फ़ख्र से अपना सर ऊँचा न कर सकेगी।

7. मान लीजिए कि हिन्दुस्तान से बाहर संसार के किसी हिस्से में तीन-चार करोड़ हिन्दू और सिख किसी कारण से जाकर बस जाएँ और देश की आबादी में हिन्दू और सिख सौ पीछे बीस-पच्चीस उसी तरह हो जाएँ जिस तरह हिन्दुस्तान भर की आबादी में मुसलमान सौ पीछे बीस-पच्चीस हैं तो ऐसी हालत में हम क्या चाहेंगे ? अगर इस देश वाले वहाँ के सौ पीछे बीस-पच्चीस हिन्दुओं और सिखों को विदेशी, नीच, कमीना और अपना दुश्मन समझें और उनको अपना गुलाम बनाकर, दबाकर या बेइज्जत करके रखना चाहें या उनको वहाँ से मार भगाना चाहें या उन पर ज़ोर-ज़बरदस्ती से अपनी भाषा, अपनी संस्कृति लादना चाहें तो क्या हम इस देश वालों के खून के प्यासे न हो जाएँगे ? क्या हम उनको उन्नत और सभ्य जाति मानेंगे या संसार उनको तरक्कीयाफ्ता और मुहज्जब मानेगा ? अगर हम न्याय और इनसानियत के नाते यह चाहते हैं कि हिन्दू और सिख दूसरे देश में जाकर बसें और इज्जत के साथ जीवन बिताएँ तो हम हिन्दुस्तान से मुसलमानों का देश निकाला या हिन्दुस्तान में मुसलमानों की बरबादी कैसे चाह सकते हैं ?

8. हिन्दुस्तान के हिन्दू और मुसलमान मानव जाति के ही अंश हैं। कम-से-कम ऐसा तो न समझें कि बाकी दुनिया के इनसानों से हिन्दुस्तान में बसने वाले हिन्दू और मुसलमान नीच हैं। मिस्र मुसलमानों का देश है। वहाँ एक बड़े इलाके में बहुत बड़ी तादाद में ईसाई बसे हुए हैं, अंग्रेजी सरकार ने वहाँ के मुसलमानों और ईसाइयों के बीच नफ़रत की आग भड़कानी चाही, पर वहाँ के मुसलमानों ने यह बात नहीं मानी कि मिस्र के ईसाई नीच, कमीने और देशद्रोही हैं। वहाँ के ईसाई अपने मुसलमान भाइयों पर फ़ख़्र करते हैं और वहाँ के मुसलमान अपने ईसाई

भाइयों पर गर्व करते हैं और दोनों कन्धे-से-कन्धा जोड़कर मिस्र की तरक्की और आज़ादी के लिए लड़ रहे हैं। जापान में लाखों की संख्या में मुसलमान हैं और उनकी राज्यभक्ति या देशप्रेम किसी से कम नहीं। अब हिन्दू संस्कृति का पल्ला भारी रहा या दूसरी संस्कृतियों का ? मिस्र के मुसलमान अपने समान ईसाइयों को बराबरी की जगह दिए हुए हैं। रूस, चीन और जापान वाले जो मुसलमान नहीं हैं, अपने समाज में मुसलमानों को बराबर का स्थान दिए हुए हैं और एक हम हैं कि हिन्दू और सिख समाज में मुसलमानों को इनसायिनत की जगह देना पसन्द नहीं करते और इन्हें भयानक समझते हैं। ज़रा दुनिया पर नज़र डालिए, तब हिन्दू मुसलिम सवाल पर ठीक-ठीक प्रकाश पड़ेगा। हम दूर क्यों जाएँ, हमारे पड़ोस में बर्मा है जो हिन्दुस्तान के बाद आज़ाद हुआ है। बर्मा और लंका दोनों देशों में सौ पीछे चार-पाँच मुसलमान बसे हुए हैं। लंका के मुसलमानों की मात्रा भाषा अरबी है, पर बर्मा और लंका वाले मुसलमानों को अपने देशों में बराबरी की जगह दिए हुए हैं।

9. अगर आप यह कहें कि और देशों में कुछ भी हो और देशों के मुसलमान कितने ही सज्जन हों, पर 'हिन्दुस्तान के मुसलमान' सिर्फ नीच और कमीने हैं; तो ऐसा समझना, यह कहना भारत माता के लिए और हिन्दू संस्कृति के लिए कितनी बड़ी गाली है। दूसरे देशों का जीवन और संस्कृति इतनी पवित्र है कि वहाँ मुसलमान सज्जन हो जाता है और हमारे देश की मिट्टी और संस्कृति इतनी नीच और सड़ी हुई है कि वह मुसलमानों को कमीना बना देती है। हिन्दुस्तान की मिट्टी और हिन्दुस्तान की संस्कृति में तो वह जादू होना चाहिए जो संसार को मोह ले। हम इस देश में सौ पीछे अस्सी होते हैं। यहाँ की सौ पीछे बीस आबादी को अगर अपना दुश्मन बनाए हुए हैं या उन्हें जंगली समझते हैं तो यह हमारी ही सभ्यता का मुँह काला करती है। महान् हिन्दुस्तान अगर इसी देश में पैदा होने वाले मुसलमानों की दोस्ती और प्रेम न हासिल कर सका तो उसे हिन्दू का ही दोष माना जाएगा और इसलिए

हिन्दू संस्कृति दोषी ठहराई जाएगी।

10. 1857 ई. के गदर में हिन्दू और मुसलमान एक होकर विदेशी राज्य के खिलाफ लड़े थे। आज़ादी के खिलाफ़ थे तो सौ पीछे 95 मुसलमान अंग्रेजों के खिलाफ़ लड़ रहे थे, लेकिन इस आज़ादी की जंग में देशी फौजों को सफलता न मिली इसका कारण यह नहीं था कि मुसलमानों की सहायता से हिन्दू कुचल दिए गए थे, बल्कि इसका कारण यह था कि हिन्दू जाति और हिन्दू गोरखों और सिखों के हाथों से आज़ादी के दीवाने कुचलवाए गए थे, अगर उनकी मदद अंग्रेजों को न मिलती तो 1857 ई. के गदर में अंग्रेजों के पाँव उखड़ गए होते। सोचने और समझने की बात है कि हमारे हिन्दू और सिख भाइयों में से ही लाखों आदमी अंग्रेजों के इशारे पर देश के इतने बड़े दुश्मन बन गए थे, लेकिन मुसलमान देश के दुश्मन साबित नहीं हुए; तो आखिर कब से यह मुसलमान देश के ऐसे दुश्मन बन गए कि क़यामत तक हम उन पर लड़ाई मोल लेने के लिए तैयार होना चाहते हैं ? क्या कोई जादू हो गया कि एक हजार बरस से हिन्दुस्तान में बसे हुए मुसलमान संसार के सबसे खराब, नीच और कमीनी जाति बन गए। अभी बीस-पच्चीस साल की बात है कि जलियाँवाला बाग में हिन्दुओं मुसलमानों और सिखों को खून की कुरबानी देनी पड़ी थी और हिन्दुओं मुसलमानों और सिखों पर जनरल डायर के हुकुम से गोली चलाने वाले हिन्दू गोरखे ही थी। फिर इसके बाद जब महात्मा गाँधी की रहनुमाई में हिन्दुस्तान भर में आजादी का आन्दोलन पूरे जोर से शुरू हुआ तो उसमें हिन्दुओं से तादाद में चौथाई होते हुए भी मुसलमानों ने हिन्दुओं के बराबर हिस्सा लिया–'जेल जाने में', 'असहयोग' करने में, मार और लाठियाँ सहने में, कटने-मरने और मिटने में, स्कूलों, कॉलेजों और कौंसिलों का बाईकाट करने में और किताबों को छोड़ने में मुसलमान हिन्दुओं से पीछे नहीं रहे। हक़ीकत यह है कि एक हज़ार मुसलमानों मे से चार सौ मुसलमान इस लड़ाई में शामिल हुए। अंग्रेजों ने जब

अपने पाँव उखड़ते देखे तो उन्होंने फिर हिन्दू-मुसलमानों में फूट डाल दी और बना बनाया काम बिगड़ गया। इसके बाद फ़िरकापरस्ती का ज़हर सारे देश में फैलाया गया और नफ़रत की आग देश भर में भड़क उठी जिसे अंग्रेजों की पालिसी बराबर हवा देती रही, फिर भी पूरी मुसलमान जाति नहीं बिगड़ी। अब से दो-तीन साल पहले बड़ी लड़ाई के खत्म होने पर जब हमारे नेता जेलों से छूटे और सूबों की असेम्बलियों और कौंसिलों का चुनाव हुआ तो हिन्दुओं और सिखों के साथ 33 प्रतिशत मुसलमानों ने मुसलिम लीग का साथ न देकर कांग्रेस का साथ दिया। कई जगहों पर तो कांग्रेस का साथ देने वाले मुसलमान वोटर अपने सहधर्मियों के हाथों घायल किए थे और मार डाले गए। इनके बाल-बच्चों को बेइज्जत किया गया। उनके मुँह पर थूका गया उनके घर लूट लिये गये और जला दिए गए, उनके जीवन के लिए ख़तरा पेश हो गया, पर ये बहादुर मुसलमान देशप्रेम की राह से नहीं डिगे और सरहदी सूबे में तो 33 प्रतिशत नहीं, सौ पीछे अस्सी मुसलमानों ने कांग्रेस को वोट दिया। सैकड़ों ऐसी मिसालें दी जा सकती हैं जिनसे चमकते हुए सूरज की तरह यह बात साफ हो जाती है कि करोड़ों मुसलमान भयानक-से-भयानक और गम्भीर हालत में भी न हिन्दुओं के दुश्मन बने, न सिखों ने देश से गद्दारी की। हिन्दू और सिख मुसलमानों को अपना सबसे बड़ा दुश्मन समझने से पहले साम्प्रदायिकता को अपना सबसे बड़ा दुश्मन समझें और साम्प्रदायिकता से बचकर उस नए हिन्दुस्तान को बनाएँ, जहाँ हिन्दू, मुसलमान, सिख, ईसाई, पारसी सभी इज्जत के साथ ज़िन्दगी बिता सकें और सबके लिए तरक्की करने का मौका हो तो थोड़े ही दिनों में हिन्दुस्तान और पाकिस्तान के नौ करोड़ मुसलमान इस देश की रक्षा और तरक्की के लिए एक बड़ी भारी ताकत बन जाएँगे और हिन्दुओं और सिखों के साथ कन्धे-से-कन्धा जोड़कर मुल्क की ज़िन्दगी की सतह को ऊँचा उठाएँगे।

11. साम्प्रदायिकता हमको अन्धा बना देती है कि न हम अच्छी

बाजी को देख पाते हैं, न बुरी बाजी को। जब नवाखाली में और पूरबी बंगाल के कुछ हिस्सों में हजारों हिन्दू स्त्री-पुरुष और बालक मार डाले गए और हजारों घर लूट लिये गए तो इसके बाद तुरन्त ही बिहार के हिन्दुओं ने मुसलमानों से इसका बदला लिया। हजारों मुसलमान मार डाले गए और हजारों मुसलमानों के घर जलाए गए और उन्हें लूट लिया गया। बहुत से नीच और बहके हुए हिन्दू उसे उचित बदला समझते रहे और इसे हिन्दू जाति का निशान मानते रहे, लेकिन हुआ क्या ? मारे जाने वाले, अपमानित किए जाने वाले और बरबाद किए जाने वाले मुसलमानों में एक बड़ी तादाद ऐसे मुसलमानों की थी जो जीवन भर मुसलिम लीग से लड़ते रहे और तन-मन-धन से गांधीजी और कांग्रेस के हुक्म का पालन करते रहे। साम्प्रदायिकता के पागलपन और जोश ने यह नामुमकिन बना दिया कि देशप्रेम रखने वाले मुसलमानों को हम पहचान सकें और उनकी रक्षा कर सकें तो नवाखाली और पूरबी बंगाल के मुसलमानों का बदला बिहार के मुसलमानों से लेना, चाहे वह कांग्रेसी हो या मुसलिम लीग के परले दरजे की कायरता और कमीनापन का सुबूत है, पर देशप्रेम रखने वाले मुसलमानों को जिन्हें हिन्दू धर्म और देशप्रेम के नाम पर काट डाला गया, ऐसा बड़ा पाप था जिसके कलंक का टीका हम हिन्दुओं के माथे से मिटाया नहीं जा सकता। इससे बिलकुल उलटा सिन्ध में हुआ। सारे हिन्दुस्तान में हिन्दू-मुसलिम दंगों का शोर मचा हुआ था। लाखों मुसलमानों ने सिंध में भागकर शरण ली थी वहाँ के अस्सी-नवासी सौ पीछे 85 मुसलमान हैं और सौ पीछे 15 हिन्दू, पर सिन्ध के लाखों मुसलमानों ने पल भर के लिए भी इन्सानियत को नहीं छोड़ा। वहाँ के हिन्दू डरकर सिन्ध से भागना चाहते थे। सिन्ध के मुसलमानों ने कुरआन हाथ में लेकर और अपनी आँखों में आँसू भरकर अपने हिन्दू भाइयों से कहा कि तुम अपना घर मत छोड़ो। सिन्ध उतना ही तुम्हारा है जितना हमारा। पहले हम मुसलमान गुण्डों के हाथों मारे जाएँगे तब तुम पर आँच आने पाएगी।

है कि पागलपन की हालत में सिन्ध से बहुत से हिन्दुओं और सिखों को भाग आना पड़ा और कुछ सिख मार डाले गए, लेकिन इस बात में सिन्ध के किसी मुसलमान का हाथ नहीं था। ये हरकत थी बाहर से पहुँचे हुए मुसलमानों की और ये बाहर से पहुँचे हुए मुसलमान ज्यादातर ऐसे थे जिनका हिन्दुस्तान में सबकुछ लुट गया था और उनके मन में बदला लेने की भावना भड़क उठी थी।

12. अगर हम हिन्दू या सिख होने के नाते यह कहें कि मार-काट लूट-दंगा न हम करते हैं, न करना चाहते हैं, बल्कि ऐसे काम पहले मुसलमान करते हैं फिर उसका बदला लेने के लिए या उसका जवाब देने के लिए हम मजबूर हो जाते हैं तो सोचने की बात यह है कि इस देश के किसी हिस्से में अगर मुसलमान मार-काट, लूट-मार और दंगा करें और उसका जवाब हिन्दू और सिख दें चाहे देश के उसी हिस्से में या किसी दूसरे हिस्से में तो क्या सिलसिला कभी बन्द हो सकता है ? या क्या इसमें किसी एक की जीत हो सकती है ? या अब तक हुई है ? कलकत्ता, नवाखाली, पूर्वी बंगाल, बिहार, गढ़ मुक्तेश्वर और हमारे सूबे के पश्चिमी जिलों में फिर पूर्वी और पश्चिम पंजाब में और देश के कुछ और दूसरे हिस्सों में भी ऐसे भयानक और शैतानी काम हुए जिनकी कल्पना करना कठिन है। तो क्या इससे एक धर्म के मानने वालों की जीत हुई। हिन्दू जीते ? सिख जीते ? या मुसलमान जीते ? या सब हारे ? किसी एक धर्म के मानने वालों की बरबादी क्या दूसरे धर्म के मानने वालों की बरबादी से कम हुई ? हिन्दू, मुसलमान, और सिख इनमें कौन है जो इन भयानक घटनाओं के हो चुकने के बाद गर्व कर सकें ? और दूसरे धर्म के मानने वालों के मुकाबलों में अपनी जीत का डंका पीट सकें ? यह भयानक लड़ाई जैसी हुई है, अगर उससे [illegible] बड़ी [illegible] और एक सौ साल भी जारी रहे तो भी बरबाद सब [illegible] झण्डा कोई भी न फहरा सकेगा। यह [illegible] जैसे दो साँप लड़ते

हैं। यानी जीत किसी साँप की नहीं होती और दोनों साँप मर जाते हैं यह पहले ही बताया जा चुका है कि यह लड़ाई एक ओर 30 करोड़ हिन्दू और सिख और दूसरी ओर नौ करोड़ मुसलमानों की लड़ाई रहने ही न पाएगी और इसका नतीजा हिन्दू या मुसलमान किसी एक की जीत न होगा, बल्कि दोनों की सदा के लिए गुलामी और बरबादी होगी।

यह भी खुली हुई बात है कि उस हिन्दू और सिख से कमीना और नीच कोई हो ही नहीं सकता जो कुछ मुसलमानों की ज्यादती और अत्याचार का बदला दूसरे बे-कसूर मुसलमान स्त्री-पुरुष और बच्चों से ले। ऐसा करना हिन्दू और सिख धर्म को कलंकित करना है। ऐसा करना हिन्दू और सिख होने का सबूत नहीं, बल्कि अपने आप को हैवानों से भी नीच सिद्ध करना है। गन्दे-से-गन्दा रष्ट्रीय यह स्वार्थ भी ऐसा करने से पूरा नहीं हो सकता। शक्तिमान, मर्यादा, धर्म-संस्कृति और सम्पत्ति वगैरह किसी तरह का लाभ बदला लेने से नहीं हो सकता। कमीने इस तरह सोचते हैं कि हमने कहीं दूर हिन्दुओं और सिखों पर किए जाने वाले अत्याचारों का बदला अपने पड़ोसी मुसलमान स्त्री, पुरुषों, बच्चों को लूटकर उनका घर जलाकर उनकी हत्या करके और उन्हें अपमानित करके लिया। हिन्दू और सिख धर्म के बनाने वाले ऐसे हिन्दू और सिख का मुँह तक न देखना चाहेंगे। यही नहीं कि धर्म के नाम पर बेकसूर लोगों से बदला लेना परले दरजे का कमीनापन है, बल्कि यह भी है कि यह बदला कोई बदला भी नहीं है। न ऐसा करके मुसलमानों को कोई ऐसा सबक सिखाया जा सकता है, न उनके होश ठिकाने किए जा सकते हैं और उनको दबाया जा सकता है, न उनकी शरारत कम की जा सकती है, न उनको कमजोर बनाया जा सकता है और न उनको किसी तरह का नुकसान पहुँचाया जा सकता है। इस बीच पचास लाख मुसलमान घरानों की हत्या कर देने और फूँक देने से इस देश से मुसलमान जाति को मिटाया नहीं जा सकता और न मुसलमान जाति को कमजोर बनाया जा सकता है। चाहे यह काम हत्या और लूट का बदला लेने के लिए

कि मार-काट मुसलमानों की तरफ से ही शुरू होती है।

13. अब सवाल यह पैदा होता है कि अगर मुसलमान कहीं लूट-मार शुरू कर दें तो हम हिन्दू-सिख हाथ धरे बैठे रहें ? इस सवाल का जवाब गुलाम आदमियों की तरह सोचने का ज़माना अब नहीं रहा, बल्कि एक आज़ाद क़ौम के नाते इस सवाल का जवाब सोचना चाहिए। पाकिस्तान में नहीं, बल्कि हिन्दुस्तान में जो चार करोड़ मुसलमान बसे हुए हैं, उनके सम्बन्ध में हम इस सवाल पर विचार करें। इसका पहला जवाब तो यह है कि यह सवाल उठता ही नहीं कि यहाँ के सौ पीछे आठ-नौ मुसलमानों को कुत्ते ने नहीं काटा है कि वह यहाँ की सौ पीछे 90 आबादी पर टूट पड़े, अगर यह मान ही लिया जाए कि मुसलमानों की ओर से कुछ दंगे हो सकते हैं तो बहुत सीमित रूप में ही हो सकते हैं।

अब हिन्दू-मुसलमानों को लड़ाने वाले अंग्रेज यहाँ नहीं रहे। यहाँ प्रजा राज है; सेना, पुलिस, अधिकारी, अदालत जेलखाने वगैरह सब अपने हैं और अशान्त वातावरण में उपद्रव करने वालों को बात-की-बात में रोका जा सकता है।

अब पाकिस्तान पर नज़र दौड़ाएँ, अगर वहाँ हिन्दू और सिखों को सताया जा रहा है तो इसका जवाब यह तो नहीं हो सकता कि हिन्द के मुसलमानों से इसका बदला लिया जाए। हिन्द की सरकार पाकिस्तान की सरकार से उन तमाम तरीकों से जो एक सरकार दूसरी सरकार के साथ करती है, इस झगड़े को सुलझाएगी। ऐसी हालत में यह कोई इलाज नहीं है कि तलवारें मियान से बाहर निकाल ली जाएँ और मुसलमानों पर हमला बोल दिया जाए या पाकिस्तान पर धावा बोल दिया जाय। सैकड़ों उपाय हैं जिन्हें काम में लाकर हिन्द सरकार पाकिस्तान की हुकूमत पर असर डाल सकती है। ऐसा करने में समय लगता है। संतोष की जरूरत होती है। अगर पाकिस्तान में अशान्ति फैलाई जाए तो पाकिस्तान की हुकूमत अपने घर ही में अपने लिए

हजारों-लाखों को लूट-मार करने से न रोका तो यह हजारों-लाखों मुसलमान हिन्दुओं को लूट चुकने और मिटा चुकने के बाद पाकिस्तान ही की हुकूमत पर टूट पड़ेंगे यह और बात है कि कुछ दिनों के लिए नतीजे को सोचे बिना ही कुछ लोग पाकिस्तान में यह चाहें कि हिन्दू-मुसलिम लड़ाई वहाँ होती रहे, पर ऐसा होने से वहाँ ऐसी अशान्ति फैल जाएगी कि खुद वहाँ के मुसलमान मुस्तक़िल तौर पर घाटे में रहेंगे। यह बात आगे चलकर समझ में आ जाएगी। अभी इस सवाल के कुछ जरूरी पहलुओं पर हम ठण्डे दिल से विचार करें।

14. ऐसी बात हरग़िज नहीं है कि हिन्दुओं, मुसलमानों और सिखों में किसी एक धर्म को मानने वाले दूसरों से अच्छे या बुरे हों। तीनों शान्ति चाहते हैं, तीनों सुख का जीवन चाहते हैं, तीनों जीवन की अच्छी-अच्छी चीजों की इज्जत करते हैं। पर अंग्रेजों ने हमें गुलाम बनाकर भुक्कड़, बेरोजगार और अनपढ़ बना रखा था। यह सच है कि थोड़े से खुशहाल पढ़े-लिखे, हिन्दू, मुसलमान और सिख इतने कमीने और नीच बन जाते हैं, इतने कट्टर बन जाते हैं। क्रोध और घृणा के ऐसा अवतार बन जाते हैं कि अपने धर्म वालों में लाखों आदमियों को भड़का देते हैं, लेकिन अगर सौ फ़ीसदी हिन्दू, मुसलमान की सरकारों की सहायता से काम पर लगा दिए गए और खुशहाल बना दिए गए तो ऐसा पढ़े-लिखे और इज्जत से जीवन बिताने वाले हिन्दुओं मुसलमानों और सिखों को आपस में कभी लड़ाया नहीं जा सकता। पढ़े-लिखों के बड़े-से-बड़े झगड़े वह रूप नहीं धारण कर सकते जिसका उदाहरण बंगाल, बिहार, पंजाब और देश के दूसरे भागों में दिखाई दिया। जो थोड़े से पढ़े-लिखे खुशहाल पर नीच हिन्दू, मुसलमान और सिख अपने मूर्ख और अनपढ़ सहधर्मियों को नहीं भड़का सकेंगे। जो भयानक दंगे पिछले दिनों हुए हैं उनमें शायद ही कोई एक अच्छी तरह पढ़ा लिखा हिन्दू या मुसलमान या सिख शरीक हुआ हो। अपराध धर्म का नहीं है, अपराध है हमारी उस बिगड़ी दशा

का जो अंग्रेजों ने बना रखी थी। उस मूर्खता, बेरोजगारी और गैर जिम्मेदार जिन्दगी का जिसे अंग्रेजों ने हमारे लिए जरूरी बना रखा था। हिन्दू, मुसलमान और सिख एक दूसरे को मिटा नहीं सके और इन तीनों का मिल-जुलकर रहना और इज्जत का जीवन बिताना इस तरह मुमकिन बनाया जा सकता है कि पूरा समाज और पूरी सरकार रचनात्मक कामों में लग जाए और इस दस-पन्द्रह बरस के अन्दर देश के जीवन को रचाया जाए, बनाया जाए, सँवारा जाए, और उन्नति की जाए। हमें हर धर्म के मानने वालों की इज्जत करनी चाहिए, इसलिए कि वह इनसान है। इन्हीं दिनों भयानक दंगों में भी सौ पीछे दस-पाँच ही हिन्दू, मुसलमान या सिख शरीक हुए थे; पूरी कौम मार-काट में नहीं पड़ी थी और सैकड़ों उदाहरण इस बात के मिले हैं कि हिन्दुओं, मुसलमानों और सिखों में अपने सहधर्मियों के हमलों से दूसरे धर्म वालों को अपनी जान पर खेलकर बचाया। सिन्ध के मुसलमानों का हाल हम बता ही चुके हैं और यह सब बातें हम इसलिए कह रहे हैं कि हमारे दिलों में यह बात बैठ जाए कि किसी भी कौम को या किसी धर्म के मानने वालों को धर्म और कौमियत के कारण नीच और कमीना समझना खुली हुई गलती है, सिर्फ मूर्ख ऐसा समझते हैं हमें अपने विचारों, भावों और घटनाओं को सोच-विचार की रोशनी में समझना चाहिए। यह सच है कि इतना कष्ट किसी और चीज़ से नहीं होता जितना अपने भावों और विचारों को बदलने से होता है। पर इस कष्ट को अगर हम सह नहीं सकते, अगर हम अपने अनुचित भावों और अनुचित विचारों को बदलने का कष्ट सहन नहीं कर सकते तो हमारे यही आनन्द देने वाले अनुचित विचार और अनुचित भाव हमको मिटा देंगे। साम्प्रदायिक भावना और विचार देखने में बहुत सुन्दर मालूम होते हैं, पर वह हमारे सबसे बड़े दुश्मन हैं। साम्प्रदायिकता हमें डस लेगी, ऐसा डसेगी कि हम हिलकर पानी भी न माँग सकेंगे। इस साँप का सूँघा हुआ लहर नहीं लेता।

15. जब 1937 में कौंसिलों और असेम्बलियों के लिए देश भर

में चुनाव हुए तो देश भर के मुसलमानों ने कांग्रेस की सहायता की। यहाँ तक कि मुसलिम लीग के हज़ारों काम करने वालों ने कांग्रेस का पूरा-पूरा साथ दिया। जब 1942 में महात्मा गांधी और कांग्रेस के सब नेताओं के गिरफ्तार हो जाने के बाद देश भर में आजादी की लहर दौड़ गई और इतना बड़ा आन्दोलन उठ खड़ा हुआ कि अंग्रेजी राज्य के पाँव उखड़ने लगे तो अंग्रेज गवर्नर जनरल, फौजी अफसरों और बड़े-बड़े अंग्रेज अधिकारियों और गुलामी चाहने वाले बहुत से हिन्दू-मुसलमान अफ़सरों की ओर से इस बात का यत्न किया गया कि यह आन्दोलन हिन्दुओं और मुसलमानों की लड़ाई बन जाए। यह साज़िश सफल न हुई। जिन्ना साहब ने भी एक बार नहीं, बार-बार इस बात को दुहराया कि 1942 का आन्दोलन मुसलमानों पर हिन्दू राज क़ायम करने के लिए है और इससे मुसलमानों को बहुत बड़ी हानि होगी, तब भी देश में एक कोने से दूसरे कोने तक मुसलमानों ने आजादी के इस संग्राम में यही नहीं कि कोई रुकावट पैदा नहीं की, बल्कि सैकड़ों तरह से इस लड़ाई को बढ़ाने में मदद दी।

16. नेताजी सुभाषचन्द्र बोस की आजाद हिन्द फ़ौज में हिन्दू-मुसलमानों ने बराबर का हिस्सा लिया। शाही हिन्दुस्तानी बेड़े में जो विद्रोह अंग्रेजों के खिलाफ हुआ और हिन्दुस्तान की आज़ादी का झण्डा फहराया गया, उसमें लाखों मुसलमान और हिन्दू साथ-साथ थे। यहाँ तक कि बम्बई की तीस-चालीस लाख आबादी में ऐसा मालूम होता था कि अंग्रेजी राज्य खत्म हो गया है। इसी तरह कलकत्ता की हड़ताल और देश में कई जगह जो हड़तालें या आज़ादी के जो आन्दोलन हुए उन सबमें हिन्दू और मुसलमान कन्धे-से-कन्धा जोड़कर अत्याचार का मुकाबला करते रहे। हमें तीस करोड़ हिन्दुओं, कई लाख सिखों, करोड़ों मुसलमानों के बारे में अन्धाधुन्ध राय नहीं कायम करनी चाहिए। हमें अपने सोच-विचार को क्रोध और नफ़रत के भावों पर कुरबान नहीं कर देना चाहिए। हिन्दुओं, मुसलमानों और सिखों में बहुत भयानक दंगे हुए

और नफ़रत की चिनगारियाँ देश भर में फैलीं, देश भर में फ़साद और खून हुए, पर हमें उन सैकड़ों घटनाओं को भूलना नहीं चाहिए जो इस बात का सबूत हैं कि हिन्दू, मुसलमानों और सिखों में मिल-जुलकर रहने और जीवन के पथ पर आगे बढ़ने की पूरी-पूरी शक्ति है। अलग-अलग धर्म के मानने वालों में जो गुत्थियाँ पैदा हो गई हैं उनको सुलझाने के लिए एक-दूसरे के खून में डूबी उँगलियाँ काम नहीं देतीं।

17. इस देश में अलग-अलग धर्म के मानने वालों के जीवन आपस में किस तरह गुँथे और जुड़े हुए हैं, आपस में किस तरह गोश्त और खून का सम्बन्ध है यह जाने और समझने के लिए असली हालत पर विचार करने की जरूरत है। हम सिर्फ कुछ उदाहरण देंगे, अगर हिन्द से कुछ मुसलमानों को भगा दिया गया तो बनारस के पीतल का वह काम जो सिर्फ मुसलमान करते हैं और जो संसार भर में मशहूर है और जिससे करोड़ों रुपया विदेशों से हिन्दुस्तान में आता है, बरबाद हो जाएगा। पीतल के कारीगर सब के सब मुसलमान हैं और पीतल के इस बारीक काम की दूकानों और व्यापार सब का सब हिन्दुओं का है जिससे हिन्दुओं के सैकड़ों घराने लाखों रुपया कमाते हैं और कई सौ बरसों से कमाते आ रहे हैं। मज़दूर सिर्फ मुसलमान हैं, पर ऐसे मज़दूर जिनका स्थान हिन्द मज़दूर नहीं ले सकते। यही हाल बनारस के रेशम और बनारसी साड़ियों का है। इसके कारीगर भी मुसलमान हैं और व्यापारी सब हिन्दू हैं।

मुरादाबादी बरतनों का भी यही हाल है। वहाँ दूकानें सब की सब हिन्दुओं की हैं और कारीगर सबके सब मुसलमान हैं। हिन्दुस्तान में कालीन का काम और कश्मीर में लकड़ी का, ऊन, रेशम, सोने-चाँदी और दूसरी तरह की कारीगरियाँ सौ पीछे 90 मुसलमानों के हाथ में हैं, पर कारोबार का बहुत बड़ा हिस्सा हिन्दुओं के हाथ में है। हिन्द में लाखों ऐसे मुसलमान बुनकर हैं जिनके बनाए हुए कपड़े बहुत सुन्दर होते हैं, लेकिन सूत हिन्दुओं की मिलों से आता है या हिन्दू-मुसलमान

दोनों के कते हुए सूत को यह मुसलमान बुनकर काम में लाते हैं। लखनऊ के खिलौनों की नज़ाकत और सुन्दरता दूसरी जगह नहीं मिलेगी। उनके भी बहुत से बेचने वाले हिन्दू हैं और बनाने वाले मुसलमान। आतिशबाजी बनाने की कला सिर्फ मुसलमानों के हाथ में है, खुशबू और तेल अच्छे-से-अच्छा हिन्द में ज्यादातर मुसलमान ही बनाते हैं, कपड़ा रँगने वाले भी ज्यादातर मुसलमान है। संगीत कला में भी मुसलमानों ने कमाल दिखाया है, इस तरह हमारे राष्ट्रीय जीवन के सैकड़ों कारोबार मुसलमानों के सहारे चमक रहे हैं। मुसलमानों को यहाँ से हटा देना हमारे राष्ट्रीय जीवन के उन चमकते हुए पहलुओं को मिटा देना है और ऐसा करके हम हिन्द को और हिन्दुओं को इतना नुकसान पहुँचाएँगे जिसको हम कभी पूरा नहीं कर सकते। मुसलमान कारीगर तो पाकिस्तान का रास्ता लेंगे और उजड़ जाएगा हिन्दुस्तान।

18. डर और घबराहट गुस्सा और नफरत सामने की सच्चाई को भी छुपा देते हैं। कुछ लोग कहते हैं कि हिन्द में चार करोड़ मुसलमान समय पर गद्दारी कर जाएँगे। हमारे देश की तारीफ में जब मुसलमान यहाँ नहीं आए थे उस समय भी कमज़ोर और लापरवाह हिन्दू हुकूमतों के खिलाफ़ भयानक षड्यन्त्र (साज़िश) हिन्दुओं ही ने किए। यह डर तो हर राज्य को रहता है कि उसकी आबादी का एक भाग हुकूमत को उलट देगा। प्रजा राज्य तो तभी बचा हुआ रह सकता है, जब उसकी पलक न झपके। राज्य सँभालना खेल नहीं है। मुसलमानों को यहाँ से निकालकर राज्य को जो डर है, उसे दूर नहीं किया जा सकता। हम बता चुके हैं कि पाकिस्तान कश्मीर को हड़प लेना चाहता है। पर शेख अब्दुल्ला कश्मीर के सौ पीछे अस्सी मुसलमान और हमारी सेना के मुसलमान अफसर और सिपाही पाकिस्तान से क्यों नहीं जा मिलते ? और हिन्दुस्तान के साथ गद्दारी क्यों नहीं करते ? क्या यह बातें इस बात का सुबूत हैं कि मुसलमान हिन्द के प्रजा राज्य के खिलाफ विश्वासघात या दुश्मनी कर रहे हैं ?

19. राज्य की जड़ें मज़बूत बनाने में समय लगता है। महात्मा गांधी की हत्या और उस पर सैकड़ों जगह मिठाई बाँटना, कांग्रेस के तमाम नेताओं की हत्या कर देने की साजिश, राष्ट्रीय स्वयं सेवक संघ और हिन्दू महासभा की कार्रवाइयाँ इस बात का खुला हुआ सुबूत हैं कि राज्य के खिलाफ बगावत और विश्वासघात का डर हिन्दुओं और सिखों से भी हो सकता है।

20. हिन्दू समाज एक होते हुए भी छोटे-बड़े अलग-अलग समुदायों से बना हुआ है। प्रान्तों में लाग-डाट है। दक्षिण और उत्तरी हिन्द में बंगालियों और बिहारियों में, मराठे और महाराष्ट्रियों, तमिल और आन्ध्र गुजराती, राजपूत, ब्राह्मण, क्षत्रिय और हिन्दुओं की बहुत सी जातियाँ, अछूत हरिजन यह सब जातियाँ आपस में एक-दूसरे से लाग-डाट रखती हैं और रखती रही हैं। हिन्दू धर्म में कोई भी ऐसा जादू नहीं है कि आपस में इन टूटने वालों को एक कर दिया जाए, अभी कुछ ही समय हुआ कि ज़िला बोर्डों के चुनावों में लाखों वोट जाति-पाँति के आधार पर दिए गए। हमारा आगामी युग उसी हालत में चमकदार बन सकता है जबकि हम राज्य और शिक्षा के ज़रिए सब को मिलाकर आगे बढ़ें और उससे एक ऐसी कौमियत बनाएँ जिससे साम्प्रदायिकता टकराकर चूर-चूर हो जाए। जर्मनी, इटली, अमेरिका, इंगलिस्तान, रूस और चीन के इतिहास बता रहे हैं कि छोटे-छोटे क़बीले, प्रान्त, जात-पाँत, धर्म और भाषा वाले उसी हालत में राष्ट्रीयता का संगम पैदा करते हैं जब सरकार और राज्य और सामाजिक जीवन का निर्माण धर्म के नाम पर न किया जाए।

21. अगर हम बीस-पच्चीस बरस के युग को एक इकाई मान लें तो उस युग का हजारवाँ हिस्सा शायद ऐसा हो कि इसमें केवल हिन्दुओं और मुसलमानों का जीवन आपस में टकराए। आएदिन तो जीवन में जो टकराव पैदा होता है वह ऐसा है कि हिन्दू-हिन्दू के खिलाफ ही ज्यादातर अत्याचार करते हैं। महाजन और साधारण आदमी, ज़मींदार

और किसान, धनवान और निर्धन, मजदूर और पूँजीपति, कभी-कभी स्त्री-पुरुष; एक जाति वाले, कई विभागों के अधिकारी और अफसर और उन्हीं विभागों के साधारण कर्मचारी म्युनिसपलिटी और ज़िला बोर्ड के मेम्बर और जन साधारण—लड़ाइयाँ तो इनमें होती ही हैं, जीवन तो उनके टकराते हैं और हमारे जीवन की सारी मुसीबतें आमतौर पर उन लड़ाइयों से पैदा होती हैं जिनमें हिन्दू-मुसलमान का सवाल उठता ही नहीं। हिन्दुओं और सिखों की उन्नति और उनके जीवन का फूलना-फलना रोकने वाले न मुसलमान हैं, न हो सकते हैं। हमारे अनुचित रीति-रिवाज, हमारे समाज का गलत ढाँचा, गलत कानून, कारोबार के गलत तरीके, व्यापार के नाम पर बेदरदी से नफ़ा कमाने का लालच और खुद हमारे जीवन की गलतियाँ, रिश्वत, चोर बाजार, निरक्षरता, भूख और बेकारी हमारे असली दुश्मन हैं। कभी-कभी जो हिन्दू-मुस्लिम झगड़े आपस में खड़े हो जाते हैं तो इसका यह मतलब नहीं कि हमारे जीवन को मिटाने वाले मुसलमान हैं।

अब मुसलमान की हैसियत से सोचिए :

1. हम मुसलमानों को इस देश में आए हुए और बसे हुए एक हज़ार बरस का युग खत्म हो गया। जब तक इस देश में हमारे अच्छे दिन थे, हम मुसलमान यहाँ के दूसरे धर्म वालों के साथ ऐसे घुल-मिल गए थे जैसे सगे-सम्बन्धी मिल-जुलकर रहते हैं। संसार के इतिहास में कई धर्म मानने वालों के संगम के बहुत कम उदाहरण मिलते हैं। मुसलमानों ने हिन्दू समाज और हिन्दुस्तान पर इतना अच्छा प्रभाव डाला कि मुसलमानों को हिन्दुस्तान के लिए एक वरदान मानना पड़ा। लड़ाइयाँ भी होती रहीं, लेकिन हर टकराव के बाद हिन्दुओं और मुसलमानों की जीवन धाराएँ और अच्छी तरह मिल जाया करती थीं। इस तरह मिली-जुली उजली सभ्यता इस देश में बनती रही। और कौमियत का एक नया भाव मुसलमानों के दिलों में पलता रहा। भाषा, साहित्य, ललित कलाएँ, रीति-रिवाज, भावनाएँ और हर बात में हिन्दू, मुसलमान एक-दूसरे

पर इतना प्रभाव डाल चुके हैं, एक-दूसरे से इतना ले-दे चुके हैं, एक-दूसरे से इतना पा चुके हैं कि इस मेल-जोल को तोड़ा नहीं जा सकता। जिस तरह से किसी फूल के रंग और खुशबू को एक-दूसरे से अलग नहीं किया जा सकता। यहाँ का मुसलमान भी संसार का वैसा ही आदमी है जैसा यहाँ का हिन्दू। यहाँ का मुसलमान दुनिया भर की मुसलमान आबादी का एक हिस्सा जरूर है। पर दूर क्यों जाएँ बंगाल का मुसलमान जितना बंगाल के हिन्दू के करीब है उतना हिन्दुस्तान के किसी दूसरे सूबे के मुसलमान के करीब नहीं है। यही बात हिन्दुस्तान के हर एक सूबे में बसने वाले मुसलमानों की है। वह अपने सूबे में बसने वाले हिन्दुओं के जितना करीब है या अपने सूबे के सिखों के जितना करीब है उतना दूसरे सूबों में बसने वाले मुसलमानों के करीब नहीं। हिन्दुस्तान भर के मुसलमान इस देश के हिन्दुओं और दूसरे धर्म वालों के जितना करीब हैं उतना इस्लामी देशों के मुसलमानों के भी करीब नहीं हैं। हत्याकाण्ड और दंगों से इस निकटता और अपनेपन को मिटाया नहीं जा सकता। यहाँ के मुसलमानों की सभ्यता यहाँ के हिन्दुओं से जितनी करीब है उतनी अरब, ईरान, मिस्र और तुर्किस्तान की सभ्यताओं के करीब नहीं है। कुरान इतनी बड़ी किताब है और इस्लाम के पैगम्बर का इतना बड़ा व्यक्तित्व (शख्सियत) है कि इसे सोते से एक संस्कृति नहीं, बल्कि कितनी ही संस्कृतियाँ और कितनी ही किस्म की सभ्यताएँ पैदा हुईं। अगर यहाँ के मुसलमानों का एक ही दिन में या धीरे-धीरे हिन्दुस्तान से बाहर किसी इस्लामी देश में भेजकर बसा दिया जाए तो उनका जीवन और उस देश के पुराने मुसलमान निवासियों के जीवन दोनों बरबाद हो जाएँगे।

2. यह समझना या कहना इस्लाम धर्म या उसके पैगम्बर को झुठलाना है कि मानव जाति की वह बड़ी तादाद जो मुसलमान, इस्लाम नहीं है या कलमा नहीं पढ़ती, सब के सब काफ़िर या दोज़ख़ी हैं। काफ़िर या इस्लाम का दुश्मन उन्हें कहा गया है जो पैगम्बरे-इस्लाम के प्रचार और कोशिशों को अनुचित ढंग से रोकते या बरबाद करते

थे। जब संसार में इस्लाम फैल चुका है और दुनिया वाले मुसलमान नहीं भी हैं, मुसलमानों को अनेक उचित अधिकार दिए हुए हैं या उनके साथ मिल-जुलकर रहने को तैयार हैं, तो उन्हें इस नाम से पुकारना जिस नाम से पैगम्बर या इस्लाम की कोशिशों को खराब और बरबाद करने वालों को पुकारा गया है, इस्लाम की खिदमत नहीं है, बल्कि इस्लाम को बदनाम करना है, इस्लाम के सबसे बड़े दुश्मन कलमा पढ़ने वाले वह मुसलमान हैं जो कलमा न पढ़ने वालों या दूसरे धर्मों के मानने वालों को काफ़िर या मुसलमानों का दुश्मन समझते और बताते हैं। मुसलमानों के 13 सौ साल पुराने इतिहास में जितनी लड़ाइयाँ हुईं, मुसलमान राज्य जितनी बार आपस में लड़े हैं, जितनी बार एक देश के मुसलमान बाशिन्दों को दूसरे देश के मुसलमान बाशिन्दों ने गुलाम बनाया है; उतनी लड़ाइयाँ मुसलमान और हिन्दुओं में नहीं हुईं और न उतनी बार गैर मुसलमानों ने मुसलमानों को गुलाम बनाया है। धर्म या इतिहास, मत या राज और दुनिया की खुली हुई सच्चाई, कोई भी इसकी गवाही नहीं देता कि मुसलमानों के दुश्मन गैर मुसलिम हैं या मुसलमानों के दुश्मन हिन्दू रहे हैं।

3. युग बदलते रहते हैं, इतिहास बदलता रहता है, मानवता (इनसानियत) प्रगति करती जाती है। इस बात को न समझना और अपने जीवन को इस विचार के साँचे में न ढालना किसी भी कौम के लिए खुदकुशी का संदेश है। अब से कुछ सदी पहले तक दुनिया के कई देशों की यह हालत रही है कि वहाँ के लाखों-करोड़ों निवासियों पर थोड़े से मुसलमानों का राज रहा। उस युग के लिए ऐसा होना कोई अनुचित या बुरी बात न थी, लेकिन इस बारे में कुछ और सोचने से पहले मुसलमानों के लिए यह जान लेना जरूरी है कि किसी देश या कौम पर वह राज कायम हो जाने के बाद जिसे हम इस्लामी हुकूमत कहते हैं, हालत यहाँ तक पहुँच गई कि मुसलमानों की ज्यादा-से-ज्यादा तादाद भूखी-नंगी, दुःखी और पीड़ित रही। हिन्दुस्तान में हम कहते हैं कि सैकड़ों

बरस तक इस्लामी राज्य कायम रहा, लेकिन ऊँचे दरजे के मुट्ठी भर मुसलमानों के अलावा सौ पीछे 90 मुसलमानों की हालत और जिन्दगी हिन्दुओं से हरगिज अच्छी नहीं थी। यह बात अंग्रेजों के बारे में नहीं कही जा सकती। उनकी तादाद इस देश में उँगलियों पर गिनी जा सकती थी। और यह मुट्ठी भर अंग्रेज यहाँ के साधारण हिन्दू और मुसलमानों से ज्यादा सुखी और पढ़े-लिखे थे, लेकिन हम ध्यान से सोचें तो सौ पीछे एक अंग्रेज ही यहाँ अच्छी हालत में जीवन बिताते थे; दूसरे अंग्रेजी फौज के सिपाही थे जिनको कुछ नहीं मिलता था। और जो आमतौर पर मूढ़ भी होते थे। यह और बात है कि अंग्रेज सरकार की रोटियाँ खाकर वह हिन्दुस्तानियों पर रोब जमाते थे, पर अंग्रेजी राज में भी लाखों हिन्दू-मुसलमान गोरी फौज के सिपाहियों और सारजन्टों के मुकाबले में कहीं ज्यादा सुखी और शिक्षित थे। जब यह हाल लाख-सवा लाख अंग्रेजों का अंग्रेजी राज में रहा तो इस बड़े देश की आबादी का चौथाई हिस्सा जो मुसलमान था, उसे भला कौन-सा जादू करके मुसलमान राजा या नवाब या ताल्लुकेदार या जागीरदार या इस्लामी हुकूमत ज्यादा मालदार और तालीमयाफ्ता बना सकती थी ? आज हिन्दू में भी सैकड़ों-हजारों मुसलमान घराने लाखों-करोड़ों हिन्दू घरानों से अच्छी हालत में हैं और रहेंगे। पाकिस्तान में भी सबकुछ हो जाने के बाद अभी हजारों हिन्दू और सिख घराने ऐसे हैं जो लाखों मुसलमान घरानों से अच्छी हालत में हैं और रहेंगे। इस्लामी हुकूमत का फ़िकरा कोई ऐसा जादू नहीं है जो मुसलमानों के जीवन को छूमन्तर से ख़ाक से पाक बना दे या उन्हें सोने से मढ़ दे या दुनिया की बुद्धि, शिक्षा और गुणों का वरदान मुसलमानों को दे दे। दुनिया के इतिहास में मज़हबी राज अपने सहधर्मियों को उभारने में कभी भी सफल नहीं हुआ।

4. आज भी आप किसी इस्लामी देश पर निगाह डालिए तो साफ़ दिखाई देगा कि वहाँ के साधारण मुसलमानों के मुकाबले में सैकड़ों गैर मुसलमान ज्यादा अच्छी हालत में हैं। मार-काट के बाद अभी लाखों

हिन्दू और सिख पाकिस्तान में बसे हुए हैं और शरयी हुकूमत इस्लामी हुकूमत के नारों के बावजूद सरकार के कायम हो जाने के बाद भी हिन्दुस्तान से गए हुए लाखों मुसलमान वहाँ लुट-लुटाकर फिर हिन्दुस्तान वापस आ रहे हैं।

पाकिस्तान सौ बरस तक, बल्कि हजार बरस तक भी तरक्की करता जाए तो भी वहाँ कोई ऐसी इस्लामी संस्कृति फल-फूल नहीं सकेगी जिसके मुकाबले में हिन्द के मुसलमानों का कल्चर या हिन्द का इस्लाम किसी लिहाज से कम हो।

मानसिक (ज़ेहनी), बौद्धिक (अक़ली), आलिफ (रुहानी), ओरे माद्दी या भौतिक किसी तरह की तरक्की पाकिस्तान या दुनिया के इस्लामी देशों के मुसलमान, हिन्द के मुसलमानों के मुकाबले में न कर सकेंगे क्योंकि हिन्द की सरकार किसी धर्म या संस्कृति को दबाने, कमजोर करने या मिटाने के लिए या राज से उनका जायज़ हिस्सा छीनने के लिए कायम नहीं हुई है जिस दिन ऐसा होगा, हिन्दूओं सरकार मिट जाएगी। यह वह युग है कि हिन्दू राज हिन्दों ही के लिए मौत का सन्देश बन जाए। और इस्लामी हुकूमत मुसलमानों ही को मिटा डाले। सिर्फ प्रजा राज्य और सौ फ़ीसदी प्रजा राज्य के कायम होने से ही हिन्दू और मुसलमान और सिख सबका भला है। मिले-जुले प्रजा राज्य से सबको सिर्फ धन-दौलत का ही लाभ नहीं है, बल्कि सबकी संस्कृति और सभ्यता, कला और साहित्य या धर्म को भी फ़ायदा है।

6. साम्प्रदायिकता का भाव खुंद अपने सम्प्रदाय के लिए खुदकुशी के बराबर होता है। देखने में फ़िरकापरस्त आदमी दूसरे धर्म वालों को छुरा भोंकता है, लेकिन दरअसल वह आदमी खुद अपने ही फिरके का खून करता है; चाहे दूसरे फ़िरकेवालों से बदला लेने ही के लिए वह ऐसा काम करे। हिन्दुओं और सिखों के साथ इस देश के अलग-अलग सूबों में बहुत से मुसलमानों ने जो कुछ भी किया, चाहे बदला लेने के लिए ही किया हो या 'इस्लाम जिन्दाबाद' का नारा लगा कर किया उससे

इस्लाम के ख़लीफों और इमामों, इस्लाम की पवित्र और उजली आत्माओं को खुशी हुई होगी क्या ? साम्प्रदायिकता इनसान को गन्दा बना देती है। अलीगढ़ मुसलिम यूनिवर्सिटी इस्लामी संस्कृति का सोता समझी जाती थी। वहाँ के निवासियों ने मौलाना अबुलकलाम आज़ाद या अब्दुल मजीद ख़्वाजा के साथ जो भद्दा और गन्दा सुलूक किया उससे मुसलमानों को और इस्लाम को कोई भी फ़ायदा पहुँचा ? क्या ऐसी हरकतें किए बगैर पाकिस्तान कायम नहीं हो सकता था ?

7. हिन्दुस्तान के मुसलमानों का यह चाहना कि इस देश के कुछ हिस्सों में जहाँ मुसलमान ज्यादा तादाद में हैं, एक आज़ाद हुकूमत क़ायम हो जाए ठीक हो या गलत, लेकिन ऐसा आज़ाद पाकिस्तान जिसके कायम होने से मुसलमानों को कम खुशी हो और अमेरिका व इंगलिस्तान को ज्यादा खुशी हो, मुसलमानों के लिए कहाँ तक फ़ायदा पहुँचाने वाला साबित होगा। यह सोचने की बात है कि जो कुछ भी हुआ अब पाकिस्तान बन चुका है और उसकी सरहदें तै हो चुकी हैं। जो पाकिस्तान को संकट में फँसा हुआ देखना चाहें या पाकिस्तान की सरकार को कमज़ोर बनाना चाहें, लेकिन वह मुसलमान भी इस्लाम, पाकिस्तान और मुसलमानों का दुश्मन है जो पाकिस्तान में बसे हुए हिन्दुओं और सिखों और गैर मुसलमानों के लिए स्वर्ग बनाने में मदद न दे। अगर पाकिस्तान में हिन्दू, सिख या जो दूसरी गैर मुसलिम जातियाँ बस रही हैं और अब तक बसी हुई हैं, उन्हें पाकिस्तान से भागना पड़े या पाकिस्तान में रहकर कष्ट और अपमान का जीवन बिताना पड़े या पाकिस्तान के मुसलमानों से उन्हें कम अधिकार दिए थे, यानी अगर उन्हें उनकी तादाद के मुताबिक हर एक सरकारी मुहकमे में और जिन्दगी के हर एक मैदान में जगह न दी गई, उन्हें अगर यह न महसूस कराया गया कि पाकिस्तान उसी तरह उनका है जिस तरह मुसलमानों का है तो यह बात थोड़े ही दिनों में पाकिस्तान और पाकिस्तान की सरकार के लिए भयानक साबित होगी। इसकी

बिलकुल जरूरत न पड़ेगी कि पाकिस्तान में हिन्दुओं और सिखों के साथ अत्याचार और अन्याय का बदला इस तरह लिया जाए कि हिन्दुस्तान पाकिस्तान पर हमला कर दे। पहली बात तो यह है कि ज्यादा गिनती वाली जाति कम गिनती वाली जाति को न मिटाकर खुश हो सकती है, न अपने आप को ताकतवर बना सकती है। आज तक लूट-मार कर के कोई जाति तरक्की नहीं कर सकी। पाकिस्तान मे निर्धनों, किसानों मजदूरों और कारीगरों व मामूली हैसियत के लोगों की तादाद सौ पीछे 99 है और इसमें हिन्दू-मुसलमान की कोई कैद नहीं है। अगर उन निर्धनों में गैर मुसलमानों को अलग करके लूट लिया गया और उनकी खेती बाड़ी और उनका कारोबार मुसलमानों में बाँट दिया गया तो मुसलमानों की हैसियत में कोई खास तरक्की नहीं होगी। ज्यादा-से-ज्यादा यही होगा कि जिन निर्धन मुसलमानों की हैसियत 200 रुपए साल की है वह इस लूट-मार से मुमकिन है 290 रुपए साल की हो जाए पर जो राष्ट्र या राज्य धर्म के आधार पर किसी कारण से कमजोर लोगों को सताता या मिटाता है उसके अन्दर चोरी, बेईमानी और असभ्यता का घुन लग जाता है। और फिर उस राज्य के लिए तरक्की करना तो नामुमकिन हो जाता है। पाकिस्तान के सौ पीछे 20-25 हिन्दू अगर बुरी दशा और तबाही की हालत में वहाँ रखे गए तो पाकिस्तान की सबसे बड़ी दौलत यानी वहाँ की आबादी का शक्ति लुट जाएगी, या कम जो जाएगी। किसी राष्ट्र और राज्य के लिए यह बात बड़ी भयानक है कि उस राष्ट्र के साथ या उस राज के मातहत रहने वाले लाखों-करोड़ों आदमी सिर्फ दूसरा धर्म रखने के कारण मूढ़, अनपढ़, गरीब और बुरी हालत में रखे जाएँ। किसी राज्य में इनसान की तरक्की का बँटवारा नहीं हो सकता। प्रजा के एक अंग का कमजोर होना सारी आबादी की निर्बलता है। दूसरों को गिराकर अपनी तरक्की नहीं हुआ करती। इसी तरह बेइनसाफी का भी बँटवारा नामुमकिन है। पाकिस्तान के असर और इख्तेयार वाले लोग अगर हिन्दुओं और सिखों

के साथ अन्याय का व्यवहार शुरू करेंगे तो आखिर में मुसलमानों के साथ यह लोग भी वैसा ही अन्याय का व्यवहार करेंगे।

8. हम देख चुके हैं कि हिन्द में पीतल, रेशम, मुरादाबादी बरतनों का काम और कई दूसरे काम करने वालों को मिटाने से किस तरह हिन्दुओं को ही नुकसान पहुँचेगा। अब देखिए कि पाकिस्तान में हिन्दुओं को मिटा देने से किस प्रकार मुसलमानों को नुकसान पहुँचा और पहुँचेगा। इन्हीं दिनों जो दंगे हुए थे उनमें लाहौर में अनाज की मण्डी रखने वाले बहुत से हिन्दुओं को मार डाला गया और उनकी मण्डियाँ लूट ली गईं। इन मण्डियों में अनाज लाने और यहाँ से अनाज ले जाने वाले सैकड़ों-हजारों मुसलमान मजदूर थे, वह सब बेकार हो गए और भूखों मरने लगे। लाहौर में मुसलमान यात्रियों को भी भूखों मरना पड़ा क्योंकि उनका ज़्यादातर काम हिन्दुओं और सिखों से चलता था। कपड़े की दुकानें ज्यादातर हिन्दुओं की थीं, वह लुट गईं और इस तरह लाहौर में दरज़ियों के हज़ारों घराने फ़ाक़े करने लगे। पश्चिम पंजाब से जब हिन्दू-सिख भागे तो वहाँ उर्दू किताबों-रिसालों का बिकना सौ पीछे 80 बन्द हो गया। क्योंकि मुसलमानों से कहीं ज्यादा उन उर्दू किताबों और रिसालों के खरीदने वाले हिन्दू और सिख थे। पूर्वी पंजाब और दिल्ली जहाँ यह लोग भाग आए वहाँ हिन्दुओं और सिखों ने उर्दू छापेखाने क़ायम किए और उर्दू पुस्तकें और पत्रिकाएँ निकालीं। क्या मिला मुसलमानों को ? सिवाय इसके कि पुस्तकों और पत्रिकाओं और छापेखाने का कारोबार करने वाले हजारों मुसलमान घाटे में रहे। ढाके की मलमल दुनिया भर में मशहूर है, पर ढाके के जुलाहे ज्यादातर हिन्दू हैं। उन्हें मार डालिए या मार भगाइए पूरबी पाकिस्तान में करोड़ों रुपए साल का घाटा हो जाएगा। हजारों हिन्दू दुकानों और कारखानों में मुसलमानों का हिस्सा था और मुसलमानों की दूकानों और कारखानों में हिन्दुओं और सिखों का फ़ायदा था। हिन्दुओं और सिखों ने कई मुसलमान दुकानों और कारखानों को यह समझकर जला दिया कि यह

मुसलमानों के हैं। लेकिन बरबादी हुई मुसलमानों के साथ-साथ हिन्दू और सिख हिस्सेदारों की भी। मुसलमानों ने कई दूकानों को यह समझकर जला दिया कि हिन्दू और सिखों को नुकसान पहुँचे, पर उन दूकानों के मुसलमान हिस्सेदार भी बरबाद हो गए। लूट-मार की आँधी से जो बरबादियाँ होती हैं वह एक धर्म वालों तक सीमित नहीं रखी जा सकतीं, चाहे यह हिन्दुस्तान में हो या पाकिस्तान में, फिर लूट-मार से जिन कमीने लोगों को कुछ धन मिल जाता है वह बहुत जल्द खत्म हो जाता है। क़ौमों का लुटेरा थोड़े से धन को बड़ा धन बनाना नहीं जानता वह उसे बहुत जल्द खा-पीकर बरबाद कर देता है। इस तरह एक जरायमपेशा समाज के अन्दर पैदा हो जाता है जो अपने सहधर्मियों के लिए भी भयानक साबित होता है। पाकिस्तान में जिन मुसलमान लुटेरों ने पहले हिन्दुओं और सिखों को लूटा था, उन्होंने बाद में मुसलमानों ही को लूटना शुरू कर दिया।

9. जब देश में मुसलमानों का राज्य था, उस समय धन-सम्पत्ति, जागीर, मनसब और ज्यादातर छोटी-बड़ी नौकरियाँ मुसलमानों के हाथों में थीं, लेकिन फिर भी जैसा हम पहले बता चुके हैं, एक सौ मुसलमानों में इक्का-दुक्का को छोड़कर बाक़ी सब मुसलमानों की हालत उतनी ही अच्छी या उतनी ही बुरी थी जो साधारण हिन्दुओं की थी। साधारण मुसलमानों की किस्मत में इस्लामी हुकूमत के ज़माने में थी सूखी रोटी, आधा पेट खाना और गन्दगी के अलावा और कुछ न था। अब हिन्द में अगरचे हिन्दुओं को उनकी तादाद के अनुसार नौकरियाँ और ओहदे मिलें तो इसमें न कोई अन्याय है, न मुसलमानों के साथ कोई ज्यादती, लेकिन अब वह युग नहीं रहा कि खुशहाली तन्दुरुस्ती, तालीम या तरक्की के लिए ज़िन्दगी में पनपने और लहलहाने के मौक़े सिर्फ़ उन मुट्ठी भर आदमियों को मिलें जो सरकारी अफ़सर हैं या जो बड़े-बड़े कारोबार करते हैं। यह युग किसानों, मज़दूरों, कारीगरों और साधारण आदमियों के उभरने और आगे बढ़ने का है। फिर हमें यह भी नहीं

भूलना चाहिए कि इस्लामी राज्य में अगर अच्छी नौकरियाँ एक हजार थीं तो अब अच्छी नौकरियाँ 40 और 50 हजार की तादाद तक पहुँचेंगी इसीलिए इस्लामी राज में अगर एक हजार बड़े-बड़े अफसर थे तो अब चार-पाँच हजार मुसलमान बड़े-बड़े अफसर होंगे और 40-50 हजार हिन्दू बड़े या अच्छे पदों पर होंगे। व्यापार और नौकरियों की तादाद अब बहुत बढ़ गई है और बढ़ती जाएगी और मुसलमानों के हर जीवन की कमी पूरी हो जाएगी। वह युग अब आ चुका है जब सरकारी नौकरियाँ और खिताब शोभा बढ़ाने और धन इकट्ठा करने के लिए जरूरी न समझे जाएँ। हर हिन्दू-मुसलमान अपनी लियाक़त के अनुसार तरक्की कर सकेगा। आज से 50 बरस बाद का हिन्दुस्तान ऐसा देश होगा, जिसमें बड़ी-बड़ी नौकरियों से लेकर मुसलमान मजदूर और मुसलमान किसान तक ऐसी खुशहाल और तरक्कीयाफ़्ता ज़िन्दगी बिताते हुए दिखाई देंगे जैसा जीवन इस्लाम के सुनहरे युग में भी मुसलमानों ने न बिताया था और यही हाल हिन्दुओं का भी होगा। स्वार्थ का टकराव होने ही न पाएगा। एक का अधिकार छीनकर दूसरे को देने का समय नहीं रहा। हमें सम्पत्ति, सुख और धन की पैदावार और बँटवारे का निराश करने वाला खयाल नहीं करना चाहिए। यह चीज़ें उगती हुई, बढ़ती हुई और चलती-फिरती चीज़ें हैं। धन कोई रोड़ा पत्थर नहीं, न कोई मुर्दा और सीमित चीज़ है जो मुसलमानों से छीन कर हिन्दुओं को दे दिया जाए या हिन्दुओं से छीनकर मुसलमानों को दे दिया जाए। वह दिन गए कि सौ पीछे 99 इनसान सौ पीछे एक उन आदमियों को खुदा समझते थे जो राजा, सेनापति, मन्त्री, जागीरदार, महाजन या बड़े-बड़े ओहदेदार होते थे। अब हर घर में वह सुख और खुशहाली भर जाएगी जिसे पुराने और आज कल के रईस, महाजन और बड़े-बड़े अधिकारी लालच भरी निगाहों से देखेंगे। जमींदारी, ताल्लुकेदारी हिन्दुस्तान और पाकिस्तान, दोनों जगहों से मिटाई जा रही है। महाजनों और पूँजीपतियों की मनमानी नफ़ाखोरी

को रोका जा रहा है। बड़े-बड़े कारोबार सरकार के हाथ में आ जाने वाले हैं, आज न सही, दस बरस बाद सही। ऐसी हालत में हिन्दू-मुसलमान का सवाल ही कहाँ रह जाता है। दोनों ही के खुशहाल रहने और अपनी अपनी संस्कृति की तरक्की करने का मौक़ा ग़ैर फ़िरक़ावाराना और गैर मज़हबी प्रजा राज में हासिल होगा।

जिस तरह हिन्दुओं और सिखों के निर्धन हो जाने से मुसलमान धनी नहीं बन सकते, न मुसलमानों को निर्धन बना देने से हिन्दू और सिख धनी हो सकते हैं, उसी तरह हिन्दूओं की संस्कृति नष्ट हो जाए या बेजान होकर रह जाए या यूरोप और अमेरिका की गैर मुसलिमों की संस्कृति मिट जाए या चीन और जापान की संस्कृति नष्ट हो जाए तो मुसलिम संस्कृति हरगिज जीती न रहेगी। इसी प्रकार यदि हिन्दू पाकिस्तान या दुनिया भर के मुसलमान गैर मुहज्जब हो जाएँ तो यह सोचना गलत है कि हिन्दू धर्म और संस्कृति या दूसरे स्थानों के गैर मुसलिम धर्म और संस्कृति के कमज़ोर पड़ने से सारी दुनिया मुसलमान हो जाएगी या इस्लाम के प्रचार का मौक़ा हाथ आएगा। ग़ैर मुसलिम संस्कृतियों की दुर्बलता इस्लाम को मिटा देगी। संसार की सौ पीछे अस्सी-पच्चासी आबादी गैर मुसलिम सांस्कृतिक तरक्की से जो नैतिक और बौद्धिक उन्नति करती है, अगर उसका यह फैलाव रुक जाए तो संसार के सौ पीछे 15 मुसलमानों के सँभाले, इनसानियत का यह गिरता हुआ घर सँभल न सकेगा। बात यह है कि वह युग आ चुका है जबकि संसार की संस्कृति और संसार की सभ्यता साम्प्रदायिकता और किसी खास धर्म से मुक्त होकर एक नैतिक, बौद्धिक और आध्यात्मिक संस्कृति की नींव रखेगी। इस संस्कृति में इस्लाम, हिन्दू धर्म, सिख धर्म, ईसाइयत और संसार के सभी आर्य धर्मों का और संस्कृतियों का इत्र खिंचकर आ जाएगा। यह बात किसी भी धर्म के लिए मौत की खबर न होगी, बल्कि ज़िन्दगी का पैग़ाम होगी। यह सच है कि लोग युगों तक अपने आप को हिन्दू, मुसलमान, बौद्ध ईसाई,

पारसी, सिख आस्तिक, नास्तिक और दूसरे धर्मों से पुकारते रहेंगे, पर ढलते जाएँगे इसी तहज़ीब के साँचे में। इस्लाम और दुनिया के बड़े-बड़े धर्म जो सन्देश लेकर आए थे वह किसी-न-किसी रूप में बहुत हद तक पूरे हो चुके हैं। इस्लाम के पैगम्बर के सन्देश और कोशिशों के खिलाफ़ जो शक्तियाँ लड़ती थीं अब वह मिट चुकी हैं। लोग बिना कलमा पढ़े हुए या बिना शरीयत के मुताबिक़ चले हुए या इस्लाम का बाहरी जामा पहने हुए उस शराफ़त और तहज़ीब के नुकतए-नज़र को मान चुके हैं जिसके लिए इस्लाम ने जन्म लिया था। इस्लाम हिन्दू धर्म या ईसाइयत या नास्तिकता के खिलाफ़ जेहाद नहीं था, बल्कि ग़ैर मुहज्जब जिन्दगी की मुखालफ़त था। इस्लाम ने यह कभी नहीं कहा कि कलमा पढ़ने वाले मुसलमानों के अलावा दुनिया की सब जातियाँ खराब या असभ्य हैं और वह इस्लाम को समझने में असमर्थ रहेंगी। यही बात मुसलमानों में वह लोग नहीं समझते जिनकी निगाह तंग है। उन्हें तो इसकी पड़ी है कि दुनिया की ढाई अरब आबादी चाहे जैसा जीवन बिताए, लेकिन कहे अपने अपको मुसलमान, इस्लाम संसार में इसलिए हरगिज नहीं आया था कि संसार के सौ फ़ीसदी इनसानों से या दुनिया के ज्यादा-से-ज्यादा इनसानों से यह कहलाए कि हम कलमा पढ़ने वाले मुसलमान हैं। इस्लाम आया था इसलिए कि दुनिया के सौ फ़ीसदी इनसान यह कहें कि हम भले और नेक हैं और हमें जाति धर्म और देश का फ़र्क सोचे बगैर इनसान से प्रेम है।

हम मोअह्हिद हैं हमारा केश है तरके रसूम
मिल्लतें जब मिट गईं अज़जाए ईमां हो गईं

—ग़ालिब

और इन जातियों के मिटने पर यह हरगिज़ ज़रूरी नहीं है कि जो एक मानव समाज संसार में बन जाए, वह इस्लामी जाति ही कहलाए या जिन्दू जाति कहलाए। ग़ालिब के शेर में ईमान जो शब्द आया है उसका मतलब यह नहीं है कि ईमान वही चीज़ है जिसे मुसलमान ईमान

समझे हैं और जिसे गैर मुसलिम समझ ही नहीं सकते। जिस सभ्यता की नींव इस्लाम ने डाली है या हिन्दू धर्म ने डाली है या दुनिया के किसी धर्म ने डाली है। इसमें इस तहज़ीबयाफ़्ता इनसान के लिए कलमा पढ़ने की कोई क़ैद नहीं। जब यहाँ अंग्रेजी राज्य था तो यहाँ की खेती-बाड़ी, कारीगरी और मशीनी कारखाने अधमरी हालत में जी रहे थे। हमारे जीवन के आधार मिट रहे थे, हमारी नसों में तन्दुरुस्त खून का संचार नहीं था, हमारे जीवन की चमक और गरमी गायब हो चुकी थी। ये डेढ़ सौ साल का ज़माना वह था जिसमें संसार भर के आज़ाद देश कहाँ-से-कहाँ पहुँच गए। हमारा ध्यान बड़ी-बड़ी बातों की ओर जाता ही नहीं था। राष्ट्र और देश के बारे में ठीक तरह से सोच-विचार करना इक्का-दुक्का लोगों को छोड़कर हमारी जाति के लिए यहाँ तक कि पढ़े-लिखे के लिए भी कठिन हो गया था। आमतौर पर हमारे विचार छोटी-छोटी बातों की ओर जाते थे। गाना और बाजा, मुहर्रम और दशहरा, ईद, और होली। कुछ छोटी-बड़ी नौकरियों में सौ पीछे कितने हिन्दू हैं और सौ पीछे कितने मुसलमान ? हिन्दी-उर्दू के झगड़े और बेकार धार्मिकवाद जिनसे तू-तू, मैं-मैं के अलावा और कुछ न होता था। इन्हीं छोटी-छोटी बातों में हम इस तरह उलझकर रह गए थे जैसे मकड़ी के जाले में मक्खी उलझकर रह जाती है। इन्हीं बातों के लिए हम आपस में झगड़े करते थे। खून-खराबा करते थे और लूट-मार करते थे। अगर कहीं इन सड़ी-गली बातों में अंग्रेजी सरकार ने हिन्दू का साथ दिया तो हम उसे हिन्दू जाति और हिन्दू संस्कृति या हिन्दू धर्म की जीत समझते थे। अगर मुसलमानों का साथ दे दिया तो उसे मुसलमानों और इस्लाम व इस्लामी तहज़ीब की जीत समझते थे। हम न यह सोचते थे और न यह सोच पाते थे कि इन दिनों में जितना किसी को कोई फ़ायदा नहीं पहुँचाता। करोड़ों हिन्दू और करोड़ों मुसलमान भूखे, अनपढ़ और दुःखी थे और इन बातों में हिन्दू या मुसलमानों की जीत, जेहालत, अज्ञान, निर्धनता, बेकारी, रोग और जीवन की अनेक कठिनाइयाँ दूर नहीं कर

सकती थीं। देश तड़प-तड़प कर मर रहा था, अंग्रेजी राज की सबसे भयानक बात यही थी कि हम अपने असली वतन को न पहचानें और गलतफ़हमी फैलाने वाली बातों में अपनी भलाई का ख्वाब देखें। आज हम हिन्दू-मुसलमान आज़ाद होकर भी अगर गुलामी के खयाल और भाव रखेंगे तो हमारी आज़ादी हमें ले डूबेगी। राष्ट्र गलत विचारों और भावों के कारण मिटते हैं, दूसरी जातियों के हाथों नहीं। सच्चाई की रोशनी में अगर हम सोचें तो यह बात साफ़ हो जाएगी कि यह सवाल उठता ही नहीं कि इस देश में हिन्दू बड़ा या मुसलमान बड़ा; हिन्दू राज्य है या इस्लामी राज्य है। हिन्दुओं की जीत हुई या मुसलमानों की जीत हुई सारे समाज में छोटे-छोटे हज़ारों काम हैं, हज़ारों ओहदे हैं। सवाल हिन्दू-मुसलमान का नहीं। सवाल तो यह है कि हर हिन्दू को, हर मुसलमान को सारे समाज की ओर से और राज्य की ओर से खाने-पीने, पढ़ने-लिखने और जवान होकर अपनी हैसियत और लियाकत के अनुसार पेशा अख्तियार करने, नौकरी और ओहदा पाने का अच्छे-से-अच्छा इन्तज़ाम है या नहीं। जैसे प्रकृति या कुदरत संसार भर में जितने पुरुष पैदा करती है करीब़-करीब़ उतनी ही स्त्रियाँ भी पैदा करती है और आदमी व औरतों में इस बात की लाग-डाट नहीं होती कि संसार में ज्यादा तादाद में मर्द हैं या औरतें, इसी तरह प्रजा राज्य में समझदार और प्रगतिशील समाज में यह सवाल पैदा न होगा कि बड़ी-बड़ी नौकरियाँ ज्यादातर हिन्दू पाएँ या मुसलमान; बड़े-बड़े व्यापार, अधिकार और बड़ी-बड़ी जगहें हिन्दुओं को मिले या मुसलमानों को/तहज़ीब याफ़्ता हिन्द में इस बात का इन्तज़ाम होगा कि मुसलमानों और हिन्दुओं को बचपन में अच्छी-से-अच्छी तालीम दी जाए और यह तालीम ऐसी हो जिसका सम्बन्ध उद्योग-धन्धों से होता है कि हर बच्चे में काम करने की लियाकत पैदा हो। इस शिक्षा में धर्म और साम्प्रदायिकता के लिए कोई स्थान न हो, बल्कि शिक्षा उसी भावना से दी जाएं जैसा कि साइंस और कला की शिक्षा दी जाती है। जो ऊँची शायरी की भावना होती

है या जो उद्योग-धन्धों में भावना पाई जाती है। यह भावना धर्म और साम्प्रदायिकता से कोसों दूर है। इस तरह अच्छी तरह लिख-पढ़कर ही हर हिन्दू और हर मुसलमान बच्चा जब जवान हो तो अपनी लियाक़त के मुताबिक बड़ी-से-बड़ी जगह भी पाए। और मामूली-से-मामूली जगह पाकर भी उससे ज्यादा-से-ज्यादा फायदा उठाए। अगर इसी बात पर मुसलमान बच्चों को तालीम पाने के पूरे मौके मिलें और उनमें से जिम्मेदारी के ओहदों के लायक अगर दो हज़ार मुसलमान बच्चे तैयार हो जाएँ तो यह दो हजार मुसलमान बड़े पद पाएँगे। अगर दस लाख हिन्दू बच्चों को वही मौका मिले और मान लिया जाए कि उनमें दो हजार से कम बच्चे बड़े पदों के काबिल निकले तो हिन्दुओं के ज्यादा गिनती में होते हुए भी मुसलमानों के मुकाबले में उन्हें नौकरियाँ कम गिनती में मिलेंगी। पर दिन-रात बड़े-बड़े पदों और बड़ी-बड़ी नौकरियों के लिए ललचाना या कारोबार की चालाकी से जो फ़ायदे होते हैं और जो अब न हो पाएँगे। इनके लिए ललचाना अपनी कौम के लिए भलाई चाहना नहीं है। सौ पीछे 99 हिन्दू-मुसलमान बच्चे इसलिए पैदा नहीं होते कि वह बड़े-बड़े पदों पर रहें या बड़े-बड़े महाजन बन जाएँ, किसानी-मजदूरी अच्छी और मामूली नौकरियाँ ऐसे काम हैं जिनमें सौ पीछे 99 हिन्दू-मुसलमान चमकेंगे और ज़िन्दगी की बरकतों से मालामाल होंगे। जहाँ तक बड़ी-बड़ी नौकरियों का सवाल है इसका सच्चा 'शरीफ़ाना' और हिन्दू- मुसलमान दोनों को एक-सा फ़ायदा पहुँचाने वाला हल यही है कि कोई हिन्दू या कोई मुसलमान अगर सचमुच किसी बड़े पद के काबिल है तो उसे इस पद से धर्म के कारण महरूम न रखा जाए तालीम और इम्तिहान या नौकरियाँ देने के दूसरे ढबों में यह बात न आने पाए कि उसमें से किसी एक धर्म वाले को दूसरे धर्म के मानने वाले के मुकाबले में ज्यादा आसानी और फ़ायदा हो, ऐसा न होने पाए कि कोई बड़ा अधिकारी होने की लियाक़त रखता था, पर सरकार के किसी हथकण्डे से इससे कम लायक आदमी को वह जगह दे दी गई, जात-पात

और धर्म की बिना, इस तरह किसी एक धर्म वालों की ज्यादा गिनती होने के कारण दूसरे धर्म के कम गिनती के लोगों को बड़ी या छोटी नौकरी पाने से वंचित न रखा जाए। तरक्की पाए हुए हिन्द में बड़े-बड़े पदों पर थे और न औरंगजेब के समय में न बड़ी-से-बड़ी इस्लामी हुकूमत के समय में और इतने हिन्दू भी बड़े पदों पर होंगे जितने राम राज्य में भी नहीं थे। इसी तरह ईसाई, पारसी और सिख भी ज्यादा-से-ज्यादा तादाद में बड़े-बड़े पदों पर होंगे। अगर हमने प्रजा राज्य के सिद्धान्त को इस देश में ज़िन्दा रखा तो ज्यादा गिनती वाले कम गिनती वालों को कभी भी दबा न सकें और न कम गिनती वाले गलत और नाजायज झूठे फायदों का सपना देखें।

पर बड़ी-बड़ी नौकरियों और पदों के लिए हर धर्म वालों को पूरा-पूरा मौका और पूरी-पूरी सहायता देने के बाद असली सवाल सौ पीछे 99 हिन्दू-मुसलमानों का रह जाता है। यह सवाल सबसे ज्यादा अहम है। यह हो ही नहीं सकता कि हिन्दुओं की गिनती ज्यादा होने के कारण उनका ज्यादातर हिस्सा छोटी नौकरियों में खप जाए और मुसलमान अपनी आबादी के मुताबिक छोटी-छोटी नौकरियों में न आएँ और न यह हो सकता है कि नौकरियों में तरक्की करने के मौके मुसलमानों को हिन्दुओं से कम मिले या इस सम्बन्ध में न्याय के परदे में पक्षपात किया जाए। अगर तनख्वाह बढ़ेगी तो सबको बराबर मिलेगी। इसी तरह मज़दूर और किसानों, कारीगरों और साधारण काम करने वालों में यह नहीं हो सकता कि हिन्दू ज्यादा फ़ायदे में रहें और मुसलमान कम फ़ायदे में रहें। हर पेशे वाले चाहे वह हिन्दू हों या मुसलमान, छोटी जाति वाले हों या बड़ी जाति वाले, ईसाई हों, सिख हों या पारसी हों या कोई हों अपनी ट्रेड यूनियन बनाएँगे, अपने पेशों की सभाएँ और पंचायतें बनाएँगे और मिल-जुलकर उभरेंगे और दिन दूनी रात चौगुनी तरक्की करते जाएँगे। जिस सरकार की बुनियाद और समाज के विचारों की नींव साम्प्रदायिकता पर होगी वह राज्य और समाज उतनी तरक्की कर ही नहीं सकता जिसका चित्र खींचा

गया है। यह मुमकिन नहीं है कि हिन्दुस्तान में अगर हम सौ पीछे 90 आबादी को उभारें तो सौ पीछे दस मुसलमान आबादी के जीवन को ढंग से सुखी और खुशहाल बनाया जाए तो वहाँ की गैर-मुसलिम आबादी को निर्धनता और अपमान का जीवन बिताने के लिए छोड़ दिया जाए।

प्रजा की तरक्की का बँटवारा नहीं हो सकता। झूठी चमक-दमक के नाम पर मुसलिम तरक्की और हिन्दू उन्नति का समय खत्म हो गया। साम्प्रदायिकता किसलिए ? हिन्दू राज्य और मुसलिम राज्य के नारे किसलिए ?

यह बातें खयाली हैं और हमें ज़िन्दगी की आँखों में आँखें डालकर आगे बढ़ने से रोकती हैं। साम्प्रदायिक हिन्दू, हिन्दू जाति के लिए खतरनाक है, मुसलमान के लिए उतना खतरनाक नहीं है; फिरकापरस्त मुसलमान फिरक़े के लिए ज्यादा नुक़सान पहुँचाने वाला है, हिन्दू के लिए उतना नहीं और यही हाल साम्प्रदायिक सिख, साम्प्रदायिक पारसी, साम्प्रदायिक ऐंग्लो-इण्डियन, साम्प्रदायिक ईसाई का है, ये सब अपनी जाति के दुश्मन हैं। साम्प्रदायिकता के आधार पर अपने सहधर्मियों की सेवा ही नहीं की जा सकती, पर साम्प्रदायिकता से बचकर ही अपने सम्प्रदाय की, अपने सहधर्मियों की तरक्की हो सकती है। या यों कहो कि दूसरे सम्प्रदाय वालों दूसरे धर्म वालों की उन्नति खुशहाली नामुमकिन है।

संसार इतना विशाल है कि वह एक धर्म के सँभाले सँभल नहीं सकता। अगर हम यह मान भी लें कि हिन्दू संस्कृति, मुसलिम संस्कृति, बौद्ध संस्कृति बड़ी-बड़ी संस्कृतियाँ होते हुए भी एक-दूसरे से कुछ अलग हैं तो भी संसार को इस अलगाव की आवश्यकता है। जो इस्लाम ग़ैर इस्लामी संस्कृतियों से प्रभावित (मुतास्सिर) नहीं हुआ वह इस्लाम से कम मालामाल रहेगा। जो गैर इस्लामी संस्कृतियों से भी प्रभावित हुआ है वह हिन्दू संस्कृति जो दुनिया भर की गैर हिन्दू संस्कृतियों से प्रभावित नहीं हुई उस हिन्दू संस्कृति के मुकाबले कम ऊँची रहेगी। जो इस्लाम और यूरोप व दुनिया की दूसरी पुरानी और

नई संस्कृतियों से प्रभावित होती है।

आज की हिन्दू संस्कृति का स्वभाव उसका रस और जस समझ में आ ही नहीं सकता।

अगर हम इस बात को परख न सकें कि मौजूदा हिन्दू संस्कृति इस हद तक इस्लामी संस्कृति और यूरोप की दूसरी मौजूदा संस्कृतियों से प्रभावित हुई है। रवीन्द्रनाथ टैगोर, महात्मा गांधी, स्वामी विवेकानन्द, पंडित जवाहरलाल नेहरू और सैकड़ों, चोटी के हिन्दू इतनी बड़ी विभूतियाँ हो ही नहीं सकते थे। अगर वह इस हिन्दू संस्कृति से फायदा न उठाते जिसमें गैर हिन्दू संस्कृति भी मिल चुकी है। इसी तरह डॉक्टर 'मुहम्मद इकबाल' और बहुत से ऊँचे विचार रखने वाले मुसलमान इतने बड़े या महान् न होते, अगर उनका इस्लाम वह इस्लाम होता जिस पर गैर मुसलिम संस्कृति का गहरा असर नहीं पड़ा है। हजारों तत्त्व मिलकर और मिटकर कीमया की हैसियत हासिल करते हैं और यही हाल संस्कृति की कीमया का भी है।

अगर हमने हिन्दुस्तान व पाकिस्तान में साम्प्रदायिकता की तंग और बरबादी की तरफ ले जाने वाली चहारदीवारी से आजाद होकर ग़ैर मज़हबी और ग़ैर फ़िरक़ावाराना आज़ाद प्रजा राज्य और तरक्की पाए हुए प्रजा राज्य को पनपने का मौका दिया तो अब से कुछ दिन बाद इस देश में हिन्दू धर्म और हिन्दू समाज, इस्लाम और मुसलिम समाज, हर धर्म और हर संस्कृति इतना उज्ज्वल स्वरूप धारण करेगी कि हर संस्कृति वालों के ज्ञान और कलाएँ, भाषा और साहित्य, फलसफ़ा और साइंस इस जगमगाते हुए रूप में दिखाई देंगे जिसका साम्प्रदायिक और मज़हबपरस्त लोग सपना भी नहीं देख सकते। हिन्दू संस्कृति को हिन्दू राज्य मिटाकर रख देगा; मुसलिम संस्कृति को इस्लामी राज्य मिटाकर रख देगा और साम्प्रदायिक राज्य अपने ही सहधर्मियों को ले डूबेगा।

●●●